U0142440

鄭煌榮————編著

詩詞吟唱選集

五南圖書出版公司 印行

編著者簡介

鄭煌榮

學歷

國立屏東大學（原省立屏東師專）畢業

國立成功大學中文系畢業

中國醫藥大學（八十年中特班結業）

經歷

小學教師十九年

中醫師三十年（天仁中醫診所院長）

省立台南一中國樂社指導老師

台南市文化中心青少年國樂團指導老師

台南市立教師國樂團負責教師

台南市立民族管弦樂團總幹事

台南市民族音樂學會常務理事

台灣南區大專院校國樂研習營指導老師

台灣中醫男科學會一、二、三屆理事

台南市鳳凰詩詞吟唱社社長

台灣文學館漢詩繪本（三）、（四）、（五）集詩詞吟唱譜創作及編曲

鄭煌榮新閩南語音標暨漢音研究室FB粉專

著作

《漢音注音符號系統──閩南語篇》

《詩詞吟唱創作專集》

《詩詞吟唱選集》

自 序

　　為推廣詩歌教學，余自台南市鳳凰詩詞吟唱社原所編寫使用之兩本詩詞吟唱選集中（含漢音讀本），重新整理，選出詩三十九首（含詩譜四十五首）及詞五十一首（含詞譜五十首），其中加注中古漢音注音五十一首，以提供對古典詩詞吟唱喜好者參考使用，並附原序于后。

鄭煌榮　謹識于府城

2023.7.5

附：原序

　　為弘揚中華文化，加強心理建設，行政院文化建設委員會、省府教育廳近年來大力推展各項民俗技藝活動及加強民族精神教育，推展詩歌教學也是其中重要之一環，然而詩歌教學之推展，首在培養優良之師資，除此之外，一般有志從事詩歌教學的老師，大都有感詩歌吟唱譜的缺乏，且難以收集，有的僅能從純教學部分著手，吟唱部分則較少涉及。

　　詩歌教學可分為純教學與欣賞部分，純教學是讓學生了解詞意與結構等，而欣賞則包括了朗誦與吟唱，它能疏通民族脈絡，陶冶身心，並增強教學效果，達到預期教學目的。

　　有感詩詞吟唱之教育功能及其重要性，余特將所收集之詩詞吟唱譜百六十首中，選出六十餘首，並註明吟唱方法，提供給有志於從事詩歌教學者或愛好詩詞吟唱之雅士參考。

鄭煌榮　謹於府城文心閣
1982.8.2

V

緒言

資料來源：各地方調、碎金詞譜、南九宮大成譜、白石道人詞唱譜，李勉先生考訂之詞唱譜、顧一樵先生唐宋歌譜、古曲及近代作曲家之創作曲等百六十首中選出，計詩譜四十五、詞譜五十一，共九十六首。

結構：每首詩詞唱譜均註明名稱、作者、調性，拍子，譜下有吟唱方法及說明或附註，吟唱法中寫明唱譜之速度與吟唱方法，吟詩部分須配合曲譜進行之速度，與朗誦不同，而特別吟唱之部分亦作說明，此配合曲譜吟唱方法是為提供愛好詩詞之雅士參考或運用而作。

作意：詩可吟或可唱，詞大多唱而不吟，然而詩詞本具音樂性，今卻漸與音樂脫離，欲達詩歌之正常發展，語言與音樂必須結合，詩詞教學必須生根。僅管有人說詩詞不可唱，他們的理由是以真實性與否來論定的，然而詩詞與音樂的結合及詩歌教學必須生根，更來得重要。

況且真的復古，曲譜給現代人的適應性亦是一大問題，有鑑於此，本詩詞唱譜之收集編選，不避諱近代作曲家之創作曲及各種唱譜考訂之爭論性，且詩譜與詞譜皆編定吟唱法，目的在求詩歌教學之教學效果與教育功能耳。

　　附記：一般而言，朗讀、朗誦、吟與唱皆有所不同，朗讀是明朗的讀出字句的抑揚頓挫，聲調的高低，朗誦則須加入感情的流注與聲調的流暢延息，吟詩則有音調的高低變化，而字句的延息也更加明顯而自由，若配合曲調的吟詩，詩詞字句須切合曲調之音節。唱詩則是配合詩詞曲譜的旋律快慢而唱出的。誠乎此四者，才不致發生時下所謂詩歌朗誦變成詩歌字句朗讀，名曰詩歌吟唱，卻變成只唱不吟，或配合曲調的吟詩變成誦詩，若再不配合音節，則連誦詩也稱不上了。在唱詩方面，詩的唱法及詩譜固然要考究，而任意拿各種字句相同的幾首詩，來配合一種鹿港調或歌仔調、黃梅調的，除非感情表現相近，不然的話是相當不妥的，還是以原詩配合原譜為要，或以情意表現相近的詩詞來配合為準則。無原譜可配者，則可寓於創作。

目　錄

編著者簡介　　　　　　　　　　　I

自　序　　　　　　　　　　　　　III

附：原序　　　　　　　　　　　　V

緒　言　　　　　　　　　　　　　VII

詩

詩　名	作　者	頁　次
關雎	詩經・周南	06
采薇	詩經・小雅	08
聞笛	趙嘏	16
春曉	孟浩然	26
清明	杜牧	33
出塞	王昌齡	45、46
蜀相	杜甫	53

詩　名	作　者	頁　次
錦瑟	李義山	55
木蘭辭	衛敬瑜妻、王氏	03
遊子吟	孟郊	19
關山月	李白	20、21
靜夜思	李白	23
鳥鳴澗	王維	25
長干行	崔灝	28
欸乃曲	元結	35
涼州詞	王翰	36
下江陵	李白	37
泊秦淮	杜牧	38

詩　名	作　者	頁　次
清平調	李白	43
渭城曲（陽關曲）	王維	47、49、50
將進酒	李白	56
古從軍行	李頎	11
月下獨酌	李白	12
過故人莊	孟浩然	13
回鄉偶書	賀知章	14
慈烏夜啼	白居易	17
登鸛鵲樓	王之渙	24
逢入京使	岑參	27
山居秋暝	王維	29

詩　名	作　者	頁　次
楓橋夜泊	張繼	39、40
初春小雨	韓愈	42
渡荊門送別	李白	30
春江花月夜	張若盧	59
春夜洛城聞笛	李白	34
送孟浩然之廣陵	李白	44
聞軍官收河南河北	杜甫	62
中庸第三十章贊辭	中庸‧子思	09
九月九日懷山東兄弟	王維	15
宣州謝朓樓餞別校書叔雲	李白	31

詞

詞　名	作　者	頁　次
漁父	李後主	**68**
漁歌子	張志和	**65**
花非花	白居易	**66**
秋風詞	李白	**67**
一剪梅	李清照	**69**
玉樓春	劉克莊	**70**
西江月	辛棄疾	**71**
小重山（令）	姜白石	**73**
永遇樂	辛棄疾	**105**
浣溪沙	張泌	**75**
浣溪沙	晏殊	**76**

詞　名	作　者	頁　次
玉梅令	范成大	77
念奴嬌	蘇軾	103
青玉案	賀鑄	79
釵頭鳳	陸游、唐琬	81
相見歡	李煜	83
浪淘沙	李煜	85
菩薩蠻	溫庭筠	87
菩薩蠻	李白、辛棄疾	88
憶江南	白居易	91
長相思	白居易、李煜、林逋	92
虞美人	李煜	94、95
蘇幕遮	范仲淹	97

詞　名	作　者	頁　次
蝶戀花	柳永	99
蝶戀花	歐陽修	101
醉翁操	蘇軾	112
山花子	李璟、石孝友	114
玉蝴蝶	柳永	116
玉樓春	李煜	118
沁園春	張輯	119
更漏子	溫庭筠	121
破陣子	辛棄疾	122
浪淘沙	李煜	123
眉峯碧	佚名	124
雨霖鈴	柳永	125

詞　名	作　者	頁　次
憶仙姿	莊宗	**127**
憶江南	溫庭筠	**128**
聲聲慢	李清照	**129**
八聲甘州	柳永	**130**
祝英台近	辛棄疾	**132**
水調歌頭	蘇軾	**107、109**
隔溪梅令	姜白石	**90**
醉吟商小品	姜白石	**89**
霓裳羽衣曲（玉兔西沉）	何志浩	**134**
霓裳羽衣曲	何志浩	**135**
春江花月夜（一）		**142**
春江花月夜（二）	何志浩	**145**

漢音注音

詩詞名	作　者	頁　次
關雎	詩經・周南	**157**
采薇	詩經・小雅	**159**
中庸第三十章贊辭	中庸・子思	**158**
古從軍行	李頎	**160**
聞笛	趙嘏	**161**
月下獨酌	李白	**162**
回鄉偶書	賀知章	**162**
過故人莊	孟浩然	**163**
九月九日懷山東兄弟	王維	**163**
無題	李商隱	**164**
錦瑟	李商隱	**165**
將進酒	李白	**166**
木蘭辭	衛敬瑜妻、王氏	**169**

詩詞名	作　者	頁　次
慈烏夜啼	白居易	**172**
遊子吟	孟郊	**173**
關山月	李白	**174**
靜夜思	李白	**175**
登鸛鵲樓	王之渙	**175**
鳥鳴澗	王維	**175**
春曉	孟浩然	**176**
逢入京使	岑參	**176**
長干行	崔灝	**177**
哥舒歌	西鄙人	**177**
山居秋暝	王維	**178**
渡荊門送別	李白	**178**
宣州謝朓樓餞別校書叔雲	李白	**179**

詩詞名	作　者	頁　次
清明	杜牧	**181**
春夜洛城聞笛	李白	**181**
欸乃曲	元結	**182**
涼州詞	王翰	**182**
下江陵	李白	**183**
泊秦淮	杜牧	**183**
楓橋夜泊	張繼	**184**
初春小雨	韓愈	**184**
清平調	李白	**185**
送孟浩然之廣陵	李白	**185**
出塞	王昌齡	**186**
渭城曲	王維	**187**
蜀相	杜甫	**191**

詩詞名	作　者	頁　次
聞軍官收河南河北	杜甫	192
漁歌子	張志和	193
花非花	白居易	193
秋風詞	李白	194
釵頭鳳	陸游、唐琬	195
菩薩蠻	李白、辛棄疾	197
菩薩蠻	溫庭筠	198
憶江南	白居易	199
憶江南	溫庭筠	200
更漏子	溫庭筠	201
長相思	白居易、李煜、林逋	202
虞美人	李煜	204

詩

F 3/4　　木蘭辭（古樂府）　　衛敬瑜妻 王氏詩
　　　　　　　　　　　　　　　　　　　古　　曲

| 66 57 | 6 — | 6i 165 | 3 — | 56 53 | 2 21 |

唧 唧復唧　唧　，　　木蘭當戶　織　，　不聞機杼聲，惟聞

| 6 1 | 2 — | 66 15 | 6 — | 6i 165 | 3 — |

女 歎　息。　問女何所 思　，　問女何所　憶，

| 56 53 | 2 12 | 3 2 | 1 — | 33 23 | 1 — |

女亦無所 思，女亦　無 所　憶。　昨夜見軍 帖，

| 16 55 | 6 — | 6·1 | 32 12 | 36 53 | 2 — |

可汗大點 兵，　　軍 書 十二 卷，卷卷有爺 名，

| 23 12 | 3 — | 56 15 | 6 — | 16 532 | 1·12 |

阿爺無大 兒　，　木蘭無長 兄，願為市鞍 馬，從此

| 32 17 | 6 — | 56 53 | 2 — | 35 232 | 1 — |

替 爺 征 ，　東市買駿 馬，　西市買鞍 韉，

| 23 12 | 3 12 | 3 2 | 3 — | 6·i 16 | 5 3 |

南市買轡 頭，北市 買 長 鞭。朝辭爺娘 去 ，

| 21 32 | 1 — | 356 i6 | 535 6 | 53 2165 | 3 2 |

暮宿黃河 邊 ，　不聞爺娘 喚女 聲，但聞黃河流水 鳴 濺

| 1 — | 35 32 | 1·2 | 35 65 | 6 — | 356 i6 |

濺 。　旦辭黃河 去 ，　暮至黑水 頭 ，　不聞爺娘

| 535 6 | 53 2165 | 3 2 | 1 — | 1 0 | 123 51 |

喚女 聲，但聞燕山胡騎聲 啾 啾 。　　　　　萬里赴戎

詩　03

| 6 — | 6̲7̲ 6̲5̲ | 6·5 3 | 5̲6̲ 1̲3̲ | 2 — | 5̲6̲ 5̲2̲ |

機 ， 關山度若 飛 ， 朔氣傳金柝 ， 寒光

| 4̲3̲ 2̲1̲ | 2̲1̲ 7̲6̲ | 1 3̲2̲3̲ | 5 6̲1̲6̲ | 5 — | 1̲6̲ 5̲4̲ |

照 鐵衣 將軍百戰 死, 壯士 十年 歸 。 歸來見天

| 3 5̲6̲ | 1̲2̲ 3̲2̲ | 3 — | 6̲1̲ 1̲5̲8̲ | 1·2 | 3̲5̲ 6̲1̲ |

子, 天子 坐 明 堂 ， 策勳十二 轉 ， 賞賜百千

| 5 — | 6̲1̲ 2̲3̲ | 2 3̲5̲ | 1̲5̲ 6̲7̲ | 6· 0̲5̲6̲ | 1̲2̲ 3̲2̲ |

疆 。 可汗問所 欲, 木蘭 不用尚書 郎, 願 馳千里

| 1 1̲3̲ | 2̲3̲ 1̲7̲ | 6 — | 1̲6̲ 1̲2̲ | 4 3̲2̲ | 1 7 |

足, 送兒 還 故 鄉 。 爺娘聞女 來, 出郭 相扶

| 6 — | 2̲1̲ 2̲4̲ | 5 6̲5̲ | 4 3̲2̲ | 4 — | 1̲2̲ 4̲5̲ |

將 ， 阿姊聞妹 來, 當戶 理紅 妝 ， 小弟聞姊

| 6 6̲5̲ | 4̲2̲ 1̲6̲ | 5 — | 1̲5̲ 6̲7̲ | 6 — | 1̲2̲ 4̲2̲ |

來, 磨刀 霍霍向豬 羊 。 開我東閣 門 ， 坐我西閣

| 1 — | 3̲2̲ 1̲7̲ | 6 1̲6̲ | 5 6̲7̲6̲ | 5 — | 5̲6̲ 1̲2̲ |

床 ， 脫我戰時 袍, 著我 舊時 裳 ， 當窗理雲

| 1 — | 1̲2̲ 4̲5̲ | 4 — | 6 6 | 5 2̲4̲ | 2̲4̲ 5̲6̲ |

鬢 ， 對鏡貼花 黃 ， 出門 看伙伴 伙伴始驚

| 5 — | 5̲6̲ 5̲4̲ | 2 4̲5̲ | 4̲2̲ 1̲6̲ | 5· | 6̲1̲ 2̲3̲2̲ |

惶 ， 同行十二 年, 不知 木蘭是女 郎 。 雄兔腳撲

| 1 — | 12 45 | 2 — | 45 42 | 1 — | 21 45 |

朔， 　雌兔眼迷離， 兩兔傍地走， 安能辨我

| 6 5 | 4 — 4 0 ‖

是 雄 雌 。

吟唱法：唱詩，中板

說　明：原題木蘭詩，這是一首五言古體
　　　　長篇敍述詩，描寫木蘭從軍的
　　　　故事。衛敬瑜妻王氏，為六朝時代
　　　　梁朝人。

註：㈠上、中古漢音㈡華語讀唱

G 2/4　　關雎　　詩經周南　顧一樵訂譜

```
|| 3  3  3  53 | 2  72 | 32  77 | 2  32 | 6.— |
   關 關  雎  鳩，  在 河     之     洲，

|  2  7  22 35 | 3  3 | 3  32 | 7  23 | 2  6 |
   窈 窕  淑  女，  君 子    好     逑。

|  3  3  3  53 | 2  72 | 32  7 | 2  32 | 6. 6 |
   參 差  荇  菜，  左 右    流    之，

|  2  7  2  35 | 3  3 | 3  32 | 7  23 | 2  6 |
   窈 窕  淑  女，  寤 寐    求之。

|  3  3  3  53 | 2  72 | 32  7 | 2  32 | 6.— |
   求 之  不  得，  寤 寐    思    服，

|  2  7  22 35 | 3  3 | 3  32 | 7  23 | 2  6 |
   悠 哉  悠  哉，  輾 轉    反    側，

|  3  3  3  53 | 2  72 | 32  7 | 2  32 | 6.— |
   參 差  荇  菜，  左 右    采    之。

|  2  7  22 35 | 3  3 | 3  32 | 7  23 | 2  6 |
   窈 窕  淑  女，  琴 瑟    友    之。

|  3  3  3  53 | 2  72 | 32  7 | 2  32 | 6.— |
   參 差  荇  菜，  左 右    芼    之，

|  2  7  2  35 | 3  3 | 3  32 | 7  23 | 2  6 :||
   窈 窕  淑  女，  鐘 鼓    樂之。
```

吟 唱 法：工 吟詩，中板
　　　　　工 唱詩，中板

說　　　明：君子淑女相求相友，終
　　　　　成連理，詩人美而咏之，
　　　　　這是詩經中周南的第一篇，
　　　　　共分四章。

　　　註：㈠中古漢音漢唱 ㈡華語讀唱

C 4/4 中板　　采薇　　詩經小雅·鹿鳴第七　孔子舞劇選段

```
2 3 5 6 | 6 - 7 - | 2 - 6 | 6 6 - 7 |
漢音吟(一)(二)
6 - - 5 | 3 2 - - | 7 - 5 - | 6 - - - |

6 6 6 3 | 3 - - 0 | 2 3 5 3 | 3 - - 0 |
(一)(昔)我往矣，　　楊柳依依，
(二)(行)道遲遲，　　載渴載飢

6 6 6 2 | 2 - - 0 | 7 5 7 6 | 6 - - 0 |
今我來思，　　雨雪霏霏
我心傷悲，　　莫知我哀

6 6 6 3 | 3 - - 0 | 2 3 5 65 | 3 - - 0 |
昔我往矣，　　楊柳依依，
行道遲遲，　　載渴載飢，

6 6 6 2 | 2 - - 0 | 7 5 7 6 | 6 - - 0 |
今我來思，　　雨雪霏霏
我心傷悲，　　莫知我哀

2 3 5 6 | 6 - 7 - | 2 - 6 | 6 6 - 7 |
啊------　　啊　　　啊------
6 - - 5 | 3 2 - - | 7 - 5 - | 6 - - - |
啊------　　啊
```

Fine

註：中古漢音演唱(一)(二)　華語演唱(一)

D 4/4 小工調 〔散板〕

中庸第三十章贊辭

中庸·子思詩譜 4/4

```
6   3   56   i   5  —    | 6·5   i    6·5  16 |
仲尼 祖述 堯舜，           憲     章

(12) 3   —    5           | 2    毛3   3    5  |
文   武   ，   上           律     天   時，   下

6·i  65   43   5653       | 2·3  (17)  6·  —   |
襲   水土，譬   如          天     地   之

2·1  3   1·3  (127)       | 6   —    56   i6  |
無不 持   載   無 不覆 幬，          譬如  四

5·6  54   5    6          | 6    i·2  (17)  6·5 |
時   之   錯   行，         如日  月之  代

2    23   21   2·3        | (127) 6·  35  (615) |
明， 萬物  並育  而不       相     害，道並 行而

354  3·2  12   (176)      | 1    6·   3   (56) |
不相  悖·  小德  川         流，   大        德

1·3  2332 1   —           | 2    3   (17)  6·  |
敦        化，              此    天   地    之

56   6·   2   —           | 1   —   —   —  ‖
所以  為   大              也   。
```

吟 唱 法：工 中古漢音吟讀
　　　　　工 唱辭，自由板

說　　明：這是子思申明孔子之德，
　　　　　可比天地的贊辭。

　　　註：中古漢音演唱

♭E 4/4　　古從軍行 (七古樂府)　　李頎 詩

5 ｜ i 76̇ 56 ｜ 4 5 3 4 ｜ 5 i 4 3 ｜ 2 吉— 詩 ｜ 5
白日登 山　望烽火,黃 昏飲馬傍 交　河,行

｜ i 76̇ 56 ｜ 4 5 3 4 ｜ 5 i 4 3 ｜ 2 — ｜ 5 ｜
人刁斗　風砂暗,公 主琵琶幽 怨　多,野

｜ i 6 75̇ ｜ i 76̇ 75 ｜ i 76̇ 2 i7̇ ｜ 6 — 6 6 ｜
營萬里　無城郭,雨 雲紛紛連 大　漠,胡

｜ i 76̇ 56 ｜ 4 5 3 4 ｜ 5 i 4 3 ｜ 2 — — ‖
雁哀鳴　夜夜飛,胡 兒眼淚雙 雙　落。

5 ｜ i 76̇ 75̇ ｜ i 76̇ 75 ｜ i 7i̇ 2 i7̇ ｜ 6 — 5 5 ｜
聞道玉門　猶被遮,應 將性命逐 輕　車,年

｜ i 76̇ 56 ｜ 4 5 3 4 ｜ 5 i 4 3 ｜ 2 — — ‖
年戰骨　埋荒外,空 見葡萄入 漢　家。

吟唱法：工吟詩,中板
　　　　 立唱詩,中板

說　明：此詩敘從軍之苦,聲調自然而
　　　　 激越。

註: ⑴中上古漢音讀唱 ⑵華語演唱

詩　11

詩調　月下獨酌　李白

```
G⁴⁄₄ 慢板
3 | 5  —  3  2 | 1  —   —  2 |
花  間     一  壺  酒，      獨
```
```
³⁵₂3 · 2 | 6  2 | 1  —   —  ⁼6 |
酌    無  相  親，        舉
```
```
3 · 5  2  1 | 6  —   —  3 |
杯    邀  明  月，       對
```
```
2 · 16  2 · 1 | ↗  —   —   — :||
影    成  三  人  。
```

註：Ⅰ、吟詩

　　Ⅱ、中古漢音、華語各演唱一遍

G 4/4 中板　　　過故人莊　　孟浩然詩 黃梅詩調

‖: 5·3　25　3·2　1 | 2　2·1　3·2　1 |
故　人　具 雞 黍，邀 我　至 田　家，

| 6　232　76　1 | 26　76　5　— |
綠　樹　村邊 合，青山　郭外　斜 。

| 2·3　5　11　35 | 11　5　6·5　6 |
開　軒　面　場圃，把酒　　話桑　麻，

| 6　232　76　1 | 6161　231　216　5 :‖
待　到　重陽 日，還　來　就菊 花。

註：工、吟詩

　　　II、中古漢音、華語各演唱一遍

D 4/4 慢板　　回鄉偶書　　賀知章 詩調
鹿港

少 小 離 家　老 大 回，

鄉 音　無 改 鬢

毛 衰，兒 童 相 見 不

相 識，笑 問 客 從

何 處 來。

註：Ⅰ、吟詩
　　Ⅱ、中古漢音、華語各演唱一遍

詩詞

王維 歌仔調

九月九日懷山東兄弟

G調4/4 中板

‖: 656　1 | 212　3 | 5·6　3213　2 — |
獨　　在　異　　鄉　　為　　異　　客，

5　35 | 2321　6· | 3　2123　5 — |
每　逢　佳　　節　倍　　思　　親，

1　61 | 2·3　53 | 2⁺　123　2 — |
遙　知　兄　　弟　登　　高　處，

5　35 | 2123　5 | 323　5⁺32　7 — :‖
遍　插　茱　　萸　少　　一　　人。

註：I. 吟詩
　　II. 中古漢音演唱

F 4/4　　　　　　　聞　　　笛　　　　　趙嘏　詩　李叔忱　曲

```
‖: 53 56 i 3 | 2i 6 5 — | 6i 56 i 3 | 2 i6 2 — |
   誰 家 吹笛畫 樓 中，  斷 續 聲 隨 斷 續 風，

| 56 35 6 5 | 3 2i 6 — | 53 56 i 3 | 2i 6 5 — |
  響 遏 行 雲 橫 碧 落，  清 和 冷 月 到 簾 攏，

| 53 56 i 3 | 2i 6 5 — | 6i 56 i 3 | 2 i6 2 — |
  興 來 三 弄 有 桓 子，  賦 就 一 篇 懷 馬 融，

| 56 35 6 5 | 3 2i 6 — | 53 56 i 3 | 2i 6 i — :‖
  曲 罷 不 知 人 在 否，  餘 音 嘹 亮 尚 飄 空。
```

吟唱法：工、吟詩，中板
　　　　五、唱詩，中板（可降八度音演唱）

說　明：聞笛起興，卻不知誰家畫樓吹笛，
　　　　卻只有餘音飄盪，曲終人散之感。

註：中古漢音、華語各演唱一遍

E4/4　　慈　烏　夜　啼　　　白居易　詩
　　　　　　　　　　　　　　　南盧吟社　詩譜

| i — 3 — | 5 7 6 — | 6·5 6 7 | 6 — — 0 |
慈　烏　　失其母，啞啞吐哀音，

| 3 — 5 — | 6i 56 i — | i 2 6 5 | 3 — — 0 |
晝　夜　　不飛去，經年守故林。

| 6 — 5 3 | 2 3 1 2 | 3 — 5 ·2 | 3 — — 0 |
夜　夜　　夜半啼，聞者為沾襟，

| 5 — 3 5 | 6 7 6 5 | 3·5 3 2 | i·6 1 — |
聲　中　　如告訴，未盡反哺心。

| 5·3 5 — | 6 1 1 0 | 23 5 4 2 | 1 — — 0 |
百　鳥　　豈無母，爾獨哀怨深，

| i·6 i2 | 35 2 3 — | 5·3 23 5 | 3 — — 0 |
應　是　　母慈重，使爾悲不任。

| 2·3 5 — | 6 6 1 0 | 23 5 4 2 | 1 — — 0 |
昔　有　　吳起者，母歿喪不臨，

| i·6 i2 | 35 2 3 — | 5·3 23 5 | 3 — — 0 |
嗟　哉　　斯徒輩，其心不如禽，

| 2·3 5 — | 6 6 1 0 | 23 5 4 2 | 1 — — 0 :‖
慈　烏　　復慈烏，烏中之曾參。

詩　**17**

吟唱法：1.吟詩，中板
　　　　2.唱詩，中板

說　　明：五言古詩，藉念母夜啼的
　　　　　慈鳥來諷刺世上不知報達親
　　　　　恩的子女，它的諷諭作用，
　　　　　是勸人要重視孝道。

註：中古漢音、華語各演唱一遍

G 3/4　　遊　子　吟（五古樂府）　　　孟郊　詩　顧一樵訂譜

‖: 6 6 | 6 6 | 6 — | 6 6 | 5 5 | 5 — | 5 — | 5 5 |
慈　　母　　　手　中　線，　　　　　

| 6 6 | 6 6 | 6 — | 6 6 | 7 7 | 7 — | 6 · 5 | 3 · 2 |
遊　　子　　　身上衣，臨　行

| 6 6 | 5 5 | 5 5 | 5 5 | 5 · 3 | 2 · 3 | 5 5 | 5 — |
密　密　縫，　　意　　恐

| 7 — | 7 — | 7 — | 7 — | 7 · 2 | 6 6 | 6 — | 6 6 |
遲　遲　歸，　　誰　言　寸

| 7 — | 7 7 | 7 — | 7 — | 6 · 2 | 6 6 6 6 | 6 6 6 6 | 6 — :‖
草　　心，　　報　得　三　春　暉。

吟唱法：Ⅰ 吟詩，小行板
　　　　Ⅱ 唱詩，中板

說　明：母愛密切真摯，遊子難將寸草心，以報
　　　　三春暉。這首詩譜與德國民歌遊子吟，
　　　　截然不同，而母與子的真情是互見的。

註：中古讀音、華語各讀唱一遍

詩　19

F 2/4　　關山月（五古樂府）　　李白 詩・古曲

‖: 5.6 11 | 1·2 | 5.5 62 | 5 — | 612 216 | 5 — |

明月出天山，蒼茫雲海間，長風幾萬里，

| 2.2 23 | 5 — | 6.6 1·6 | 512 6165 | 53 5 | 5.666 5.666 |

吹度玉門關，漢下 白登 道，胡窺

| 535 23 | 5 — | 151 6165 | 535 2 | 2.5 32 | 1 — |

青海灣，由來征 戰 地，不見有人還。

| 62 1216 | 51 6165 | 535 2 | 25 32 | 1 — :‖ 5.6 11 |

戍客望邊色，思歸多苦顏。　　高樓當此

| 1·2 | 5 56 | 23 21 | 1 — :‖

夜，嘆息未應閒。

吟唱法：一吟詩，行板，從頭到尾吟誦一遍。
　　　　二唱詩，行板，至廿三小節再從頭反覆
　　　　一遍，思歸多苦顏句可高八度唱。

說　明：由關山之月，想到古今邊塞戰爭的地方
　　　　卻不見幾人生還，戍客望歸的苦痛，由
　　　　此可見。（望邊色，一作望邊邑）

註：中古漢音、華語各讀唱一遍

F 4/4　　　　　　關　山　月　　　　李白詩·顧一樵訂譜

```
|1 - - -|1 - 1̲2̲ 1̲2̲|3 - - -|2 - - -|
 明      月    出  天      山,

|6̇·1̇ 6̇·5̲|6 - - -|6 - 6 -|5 - - -|
 蒼      茫     雲 海   間,

|1·1̇ 1̇ 3|2 - 2·2|2 - - -|2·2 2 1̲2̲|
 長風 幾 萬里, 吹   度      玉

|3 - - -|2 - 1 6̲5̲|6̇·1̇ 6̇·5̲|6 - - 6|
 門      關,  漢    下      白

|5 - 3 -|3 - - -|2 - - -|1̇ - - -|
 登  道,  胡      窺

|1̇ - 6 -|5 - - -|1 - - -|1 - - -|
 青 海 灣,  由      來

|6 - 6 -|5 - - 1̲2̲|3 - 3·2|1 - 6̲1̲|
 征 戰 地, 不  見 有 人 還,

|6̇·1̇ 6̇·5̲|6 - 6 -|7 - 7 -|6 - - -|
 戍      客    望 邊  色,

|2 - - -|2 - - -|1̇ - 6 -|5 - - -|
 思      歸     多 苦 顏,

|6̇·5̲ 3·3|3 - - -|2·2 5·5|5 2 - -|
 高      樓     當 此 夜,
```

｜／／／③｜｜／｜－－－－：‖

嘆息未應 聞 。

吟唱法：工吟詩，稍快板
　　　　正唱詩，中 板

註：華語、中古漢音分開吟唱，
　　此譜一作D調。

bE $\frac{2}{4}$　静　夜　思　　李白詩·南盧吟杜詩譜

| 6 65 | ⌣ 65 | 5̣ 3 — | 3 3· |

牀 前　明 月　光，　　疑 是

| 56 32 | 1 — | 6 1 | 2 3 |

地 上　霜，　　　舉 頭　望　明

| 6̇ — | 6 1 | 21 6̇ | 5 — ‖

月，　　低 頭　思 故　鄉。

吟唱法：Ⅰ唱詩，行板
　　　　　Ⅱ吟詩，小行板
　　　　　Ⅲ唱詩，行板

說　明：五言絕句，這是一首描寫在寂靜
　　　　的秋夜裏，對著皎潔的月亮，
　　　　懷念故鄉的情景。

註：中古漢音、華語分開演唱

D 2/4　　　登 鸛 鵲 樓　　王之渙詩‧南盧吟社 詩譜

| 6　6̲5̲ | i　6̲5̲ | 5̇　— | i　i̲6̲5̲ |
| 白日　依山 | 盡，| 黃 河 |

| 3̲5̲　6̲3̲ | 5̇　— | 1　2 | 5　3̲ |
| 入 海　流，| | 欲窮 | 千里 |

| 2̇ ‧3 | 6　1 | 2̲1̲　6̲1̲6̲ | 5̇　— ‖
| 目，| 更 上 | 一 層 | 樓。

吟唱法：I 唱詩，行板
　　　　Ⅱ 吟詩，行板
　　　　Ⅲ 唱詩，行板

說　明：五言絕句，鸛鵲樓的形勢描寫得
　　　　自然壯濶，後二句常作為警句或勉語，
　　　　這是一首登高望遠的詩。

　　註：中古讀音‧華語分開演唱

E 2/4　　　鳥　鳴　澗　　王維 詩・福建流水調

| 3 5 · | 5 3 · | 3 2 · | 3 1 · |
| 人 閒 | 桂 花 | 落， | 夜 靜 |

| 2 3 · | 3 2 · | 1 6 · | 1 3 · |
| 春 山 | 空。 | 月 出 | 驚 山 |

| 216 6 | 1 2 | 1 6 | 5 — ‖
| 鳥， | 時 鳴 | 春 澗 | 中。 |

吟唱法：Ⅰ 唱詩，稍快板
　　　　Ⅱ 吟詩，中 板
　　　　Ⅲ 唱詩，稍快板

說　明：鳥鳴澗為王摩詰雲谿雜題五首之一，
　　　　這是一首五言絕句，人閒桂花落句，
　　　　讀之有讓人身世兩忘，萬念皆寂之感。

註：中古漢音、華語分開演唱

F 3/4　　　　　春　　　　曉（五言絕句）　孟浩然詩

‖: 3·2 16 | 1 — — | 2·3 17 | 6 — — |
　春　眠　不　覺　曉，　　處　處　聞　啼　鳥，

| 5·6 13 | 2 — — | 3·2 16 | 1 — — |
　夜　來　風　雨　聲，　　花　落　知　多　少．

| 3·2 16 | 1 — — | 2·3 17 | 6 — — |
　春　眠　不　覺　曉，　　處　處　聞　啼　鳥，

| 5·3 43 | 2 — — | 5·5 67 | 1 — — :‖
　夜　來　風　雨　聲，　　花　落　知　多　少。

吟唱法：Ⅰ 吟詩，中板，第一、二行樂聲，第三、四行
　　　　吟詩。
　　　　Ⅱ 唱詩，中板，第一、二行齊唱，第三、四行
　　　　輪唱。

說　　明：此詩意在惜春，因春眠失曉，聞啼鳥
　　　　而覺，下二句夜來風雨聲，花落知多少，
　　　　是推想之詞，由覺而不覺，意味風趣
　　　　之妙在此。

　　　　註：中古漢音、華語分開吟唱

C4/4　　逢入京使　岑參詩·江西調

| ／ | 6̂6 | 1̂2 | 3̂2 | ／ | 2 | 3 | － |
故　園　東　望　　路　邊　邊，

| 2̂5 | 2 | 3̂5 | 3 | 2 | 2 | 6̂2 | ／·60 |
雙袖　龍　鍾　　涙　不　乾，

| 6̇6 | 65 | 5 | 3 | 5 | 6 | 3 | － |
馬上　相逢　　　無　紙　筆，

| 2³⁵3 | 3 | 1̂216 | 6̇0 | 2̂1 | 6̇ | ／ | 1 | － |
憑君　傳　語　　報　平　安。

吟唱法：Ⅰ　唱詩，小行板
　　　　Ⅱ　吟詩，行板
　　　　Ⅲ　唱詩，小行板

說　　明：五言絕句，這是一首描寫鄉情
　　　　　之苦的詩，真切而深刻。

註：中古漢音、華語分別吟唱

D 2/4　　　長　干　行　崔灝 詩·宜蘭涵令

| 11 15 | 5 — | 65 53 | 2 — |

(女)君家 何處 住，　　安住在橫 塘，
(男)家臨 九江 水，　　去來九江 側，

| 523 50 | 23 21 | 61 216 | 5 — :||

停 船　暫借 問，或恐是同 鄉。
同 是　長干 人，生小不相 識。

吟唱法：工吟詩，中板，第一段女，第二段男
　　　　立唱詩，中板，第一段女，第二段男

說　明：這是一首五絕樂府，原題長干曲，
　　　　是樂府中的雜曲歌辭，一作江南曲，
　　　　此係男女相悅之詞，停船借問，自
　　　　道鄉貫，有自媒之意。

註：中古漢音、華語各吟唱一遍

F 4/4　　山居秋暝　　王維詩·尤信雄·張渝役曲

| 5 — 5 — | 3·1 5 — — | 1·6 4·3 | 5 — — 0 |
空　山　　新雨後，　　天氣晚來秋，

| ↗3 5 65 5 — 4·3 | 2 2 1 — | ↗6·4·3 |
明月松間照，　清泉石上流，竹喧歸浣

| 5 — — 0 | 3·3 2·6 | 5 — — 0 | 5·3 4 6 |
女，　　　　蓮動下漁舟，　　　　隨意春芳

| 50 0 4·3 | 2 72 1 — ‖
歇，　王孫自可留。

吟唱法：I 吟詩，中板
　　　　II 唱詩，中板

說　明：山居秋日薄暮之景色，讓人有
　　　　一種閒適之感，五言律詩。

註：中古漢音·華語各吟唱一遍

| 5·1 34 | 5 — — 0 | 6·5 1·3 | 2 — — 0 |

渡遠荆門外，　　　來從楚國遊，

| 3 — 2 1 | 6 3 3 — 0 | 1·6 5 7 | 1 — — 0 |

山　隨平野盡，　　江入大荒流。

| 6·6 66 | 6 — 4·3 | 2 65 5 — | 5 — 1·3 |

月下飛天鏡，雲生　結海樓，　仍　憐故

| 65·2 — — | ゝゝゝゝ十クー丨 — ‖ |

鄉水，萬里送行　舟。

吟唱法：Ⅰ 吟詩，中板
　　　　Ⅱ 唱詩，中板

說　明：這是一首作者與友人同舟，
　　　　送行之詩，五言律詩

　　　註：中古漢音、華語各吟唱一遍

D 3/4 4/4　宣州謝朓樓餞別校書叔雲　李白　詩

2/4　　　　　　　　　　　　　　　4/4　　　　　　　　　　　南盧吟社詩譜

$\widehat{666}$	$\widehat{66}$ $\widehat{35}\widehat{353}$	$\widehat{66}$	$\widehat{661}$	$\widehat{165}$	$\underline{530}$
棄我	去者	昨日	之日	不可	留，

$\underline{3\cdot5}$	6 $\widehat{6165}$	4/4 $\underline{3\cdot5}$	$\widehat{661}$	$\widehat{553}$	$\sqrt[7]{2}$
亂我	心者	今日	之日	多煩	憂，

$\widehat{223}$	$\widehat{553}$	$\widehat{3532}$	1	$\underline{61}$	$\widehat{233}$	$\widehat{2161}$	$\widehat{155}$
長風	萬里	送秋	雁，	對此 可以	酣高	樓。	

$\widehat{171}$	$\widehat{161}$	$\widehat{321}$	2	35	$\widehat{611}$	$\widehat{5653}$	2
蓬萊	文章	建安	骨，	中間	小謝	又清	發。

$\widehat{223}$	55	$\widehat{3532}$	1	$\widehat{661}$	23	$\widehat{1216}$	5.
俱懷	逸興	壯思	飛，	欲上	青天	攬明	月。

$\widehat{666}$	$\widehat{356}$	$\widehat{165}$	$\widehat{533}$	$\widehat{333}$	23	$\widehat{5632}$	1
抽刀	斷水	水更	流，	舉杯	銷愁	愁更	愁。

$\widehat{112}$	35	$\widehat{2321}$	$\sqrt[7]{6}$	$\widehat{16165}$	$\widehat{523}$	$\widehat{5632}$	1 ‖
人生	在世	不稱	意，	明朝 散髮	弄扁	舟。	

吟唱法：工 吟詩，行板
　　　　　正 唱詩，行板

說　明：此詩一作陪侍御叔華登樓歌，
　　　　　七言古詩。

註：中古漢音、華語各讀唱一遍

清　明 (七言絕句) 杜牧詩·呂泉生曲

6B 3/4

‖: 3·5 | 5 5 | 6·1 35 | 6· 0 |
清　明　時　節　雨　紛　紛、

6·1 | 1 16 | 3 32 | 1 — |
路　上　行　人　欲　斷　魂，

1·2 | 3.5 3.2 | 1 35 | 6 — |
借　問　酒　家　何　處　有，

5·6 | 1 2 | 7·5 | 6 — :‖
牧　童　搖　指　杏　花　村。

吟唱法：工唱詩，中板
　　　　五吟詩，中板
　　　　亞唱詩，中板

註：中古漢音、華語分開吟唱

D4/4　春夜洛城聞笛（七言絕句）李白詩·劉雪庵曲

‖: i2 65 35 32 | 12 35 23 21 | 61 23 1 — |

| 5 i 63 | 5 i2 3 — | 65 i 76 | 2 32 — |
誰家玉笛　暗飛聲，　散入東風　滿洛城，

| ii 0 75 0 | 6·35 — | 八·2 3 5 | 2·1 1 — |
此夜　曲中　聞折柳，何人不起　故園情。

| ii 0 75 0 | 6·35 — | 八·2 35 6i | 2·i i — :‖
（此夜　曲中　聞折柳，何人不起　故園情。

吟唱法：工吟詩，行板，第四行不吟
　　　　亚唱詩，行板
　　　　亚唱詩，行板

說　　明：折柳為古代曲名

　　註：中古漢音、華語分開吟唱

#D 2/4　　欸乃曲　　元結詩·南廬吟社詩譜

```
| 0 2̲3̲2 | 1̇.6 2 | 1̲2 0̲3̲2 | 6̲1 2 |
     千   里  楓    林  烟 雨 深
| 1̲2 1̇.2 | 3̲6̲5 2̲1 | 1̲2 2̲3 | 3̲3̲5 6̲1 |
  無 朝 無    暮 有  猿  吟   停 橈 靜
| 6̲5 2̲3 | 2 3̲2 | 1̲2̲3 1̲2̲3 | 2 1̲2̲3 |
  聽 曲  中 意  好似 雲    山  韶
| 2̲1 ／ ↑ ／ — ‖
  濩 音 。
```

吟唱法：I吟詩，小行板
　　　　 II唱詩，小行板

說　明：七言絕句

註：中古漢音、華語各吟唱一遍

bE 4/4　　涼州詞 (七言絕句) 王翰詩・朱永鎮曲

‖: 6·5 6i65 | 32 356 — | 23 2i 6765 | 45 32 — |

| 1·2 35 | 65432 — | 2·i 26 | 7576 — :‖

‖: 6·5 6i65 | 32 356 — | 23 2i 6765 | 45 32 — |
　葡萄美酒　夜光杯，　欲飲琵琶　馬上催，

| 1·2 35 | 23 i62 — | 4·5 65 | 45 32 — |
　醉臥沙場　君莫笑，　古來征戰　幾人回。

| 2·3 2321 | 6i 656 — | i·6 5643 | 23 i76 — |
　葡萄美酒　夜光杯，　欲飲琵琶　馬上催，

| 1·2 35 | 65432 — | 2·i 26 | i·56 — :‖
　醉臥沙場　君莫笑，　古來征戰　幾　人回。

吟唱法：Ｉ 唱詩，行板

　　　　　Ⅱ 吟詩，小行板，欲飲琵琶馬上催句，欲
　　　　　飲二字後，音樂延長兩拍，即譜加 23 2i
　　　　　及 i·6 各兩拍。

　　　　　Ⅲ 唱詩，行板

說　明：此詩為樂府中之近代曲辭，吟詠邊塞情景，
　　　　意在及時行樂，為將士解嘲而內心是悲憤的。

　註：中古漢音・華語分開吟唱

G3/4　　　下 江 陵 (七言絕句) 李白詩·黃自作曲

‖: 5. 1 | 2. 3 | 4 3 | 2. 0 | 3 3 | 5 27 |

朝 辭 白 帝 彩 雲 間 ，　千 里　江 陵

| 1 6 | 5. 0 | 5 2 | 3. 5 | 6 3 | 4. 0 |

一 日 還 ，　兩 岸　猿 聲 啼 不 住，

| 5 3 | 2. 6 | 1 2 | 1 0 :‖

輕 舟　已 過 萬 重　山 。

吟唱法：Ⅰ　唱詩，中板
　　　　　Ⅱ　吟詩，中板
　　　　　Ⅲ　唱詩，中板

說　　明：白帝城在今四川奉節縣境，與巫山
　　　　　相近，所謂彩雲，即指巫山之雲江陵
　　　　　在今湖北江陵縣。
　　　　　原題早發白帝城。

　　　註：此譜一作C調，中古讀音華語各吟唱
　　　　　兩遍

G 4/4　　泊秦淮　　　杜牧詩‧南廬吟杜詩譜

煙籠　寒水　月籠沙，
夜泊秦淮　近酒家，
商女不知　亡國恨，隔江
獨唱後庭花。

吟唱法：工吟詩，行板
　　　　五唱詩，小行板

說　明：七言絕句‧杜牧撫景傷情，怕聽
　　　亡國之音，作詩以譏刺苟安的人，
　　　秦淮即今南京城之秦淮河，相傳是
　　　秦始皇鑿鍾山，以疏淮水，故名
　　　秦淮。

　　　註：華語吟唱一遍，中古漢音吟唱兩遍

F 4/4　　楓橋夜泊（七言絕句）　　張繼詩　劉雪厂曲

```
|: 3 3 7 6 6· | 5·65 3 — — | 2·3 1 57 | 6· — — — :|

|: 3 — 6 — | 3· 56 3 — | 6· 7 3 1 | 6 — — — |
   月 落    烏   啼   霜  滿   天，

| 5· 67 — | 6· 7 5 — | 4· 5 3 61 | 2 — — — |
   江 楓   漁  火   對  愁  眠，

| 2· 35 — | 3· 56 — | 5· 6 51 3 | 2 — — — |
   姑 蘇  城  外   寒  山  寺，

| 7 6 7 6 — | 6 — 5·65 3 3 — | 2·3 1 57 | 6 — — 03 |
   夜 半     鐘  聲   到  客   船。

| 23 12 7 57 | 6 — — — :||
```

吟唱法：Ⅰ 唱詩，中板
　　　　Ⅱ 吟詩，稍快板
　　　　Ⅲ 唱詩，中板

說　明：此首詩為描述旅客夜宿舟中之情景，在
　　　　秋令時節，客居淒清，愁不成眠，所見所聞
　　　　的景物，以一個「愁」字，勾出了孤獨旅人
　　　　的落寞情懷。

　　　註：華語吟唱

詩　**39**

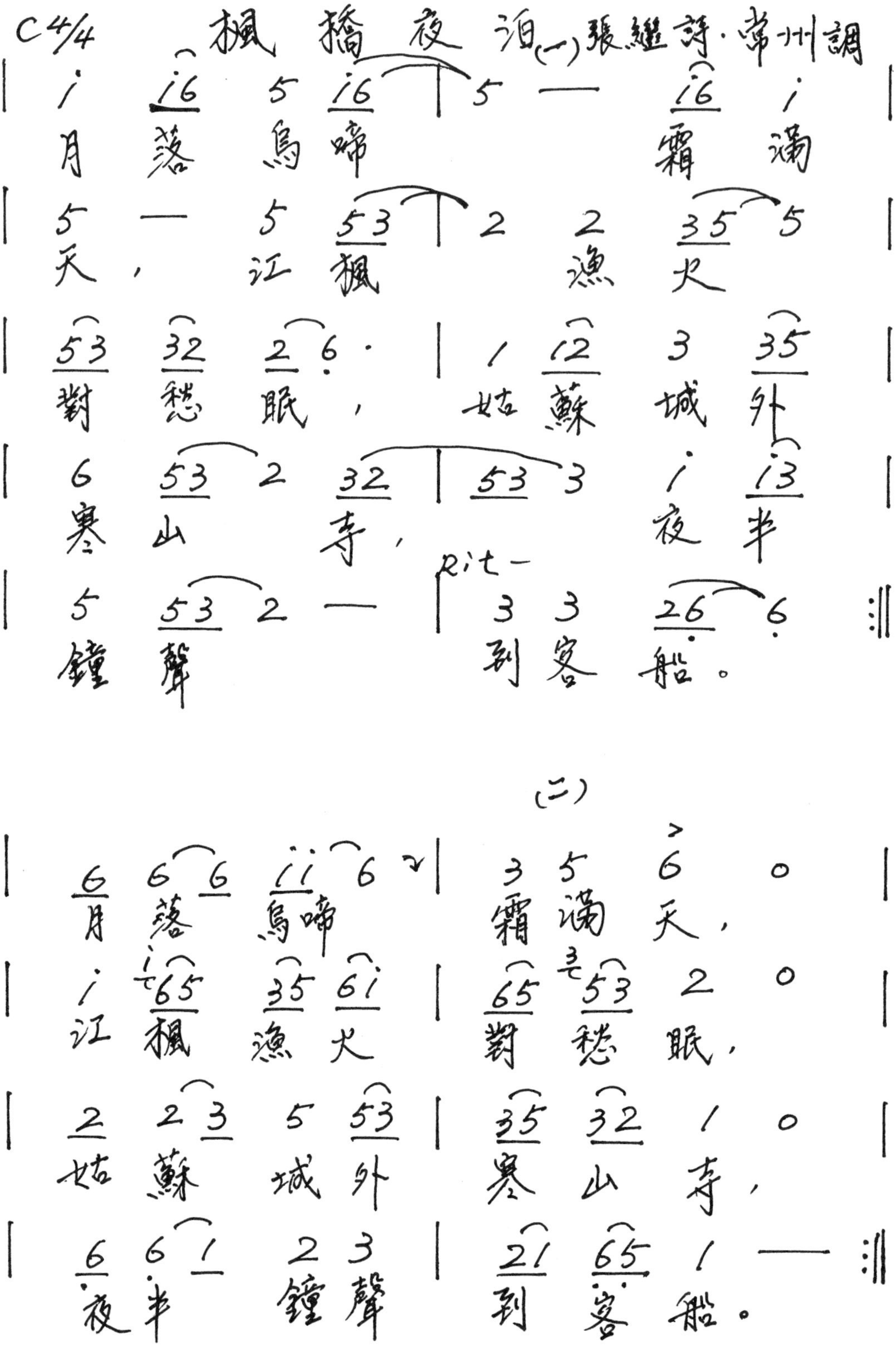
C 4/4 楓橋夜泊(一)張繼詩·常州調
月落烏啼霜滿天，江楓漁火對愁眠，姑蘇城外寒山寺，夜半鐘聲到客船。
Rit—
(二)
月落烏啼霜滿天，江楓漁火對愁眠，姑蘇城外寒山寺，夜半鐘聲到客船。

吟唱法：工 唱詩，中扳
　　　　 二 吟詩，小行扳
　　　　 二 唱詩，中扳

說　　明：七言絕句，第一首與第二首
　　　　　 吟唱方法相同。

註：中古漢音唱⑴⑵華語唱⑶

D3/4 初 春 小 雨　　韓愈詩・客家調

3/4 | 3 3 5 3 5 3 5 3 2 1 6· | 3 3 2 3 3 2 — |
　　天 街　　　　　　　　　　小 雨 潤 如 酥，

3/4 | 3 3 3 2 1 6· | 3 2 1 6·1 1 — |
　　草色 遠看　　近卻 　　無。

3/4 | 3 2 2 2 1 6 | 6 1 1 6 6 6 　 。 |
　　最是 一 年 春好 處，

| 3 6 1 2 3 | 3 1 2 1 6 1 　 1 | ‖
　　絕 勝 煙柳 滿 皇 　都。

吟唱法：Ⅰ 吟詩，行板
　　　　Ⅱ 唱詩，行板

說　明：七言絕句，描寫初春細雨滋潤
　　　　大地的美麗景緻。

註：中古漢音、華語各讀唱一遍

D 3/4　清平調（七言絕句）李白詩・顧一樵寄譜

‖: 6·6 | 6·3 | 5·1̇ 6 — | 6 — | 1̇2̇2̇ 6 |
雲　想　衣　裳　　　　　　　花

5 3 | 565 3 2 1 | 2 — | 2 — | 3 5 |
想　容，　　　　　　　　春風

6·3 | 5 55 | 5 5 | 35 6i | 65 3 | 565 3 |
拂　檻　　　露　　　華

2 1 | 2 — | 2 — | 3 5 | 6·3 | 5 — |
濃，　　　　　若非群　玉

5 — | 35 6i | 65 3 | 565 3 | 2 1 | 2 — |
山　頭　見，

2 — | 5·3 | 5·6 | i 6 | 5 3 | 765 3 |
會　向　瑤　台　月

2 1 | 2 — | 2 — :‖
下　逢。

吟唱法：Ⅰ 唱詩，中板
　　　　Ⅱ 吟詩，中板
　　　　Ⅲ 唱詩，中板

說　明：這是李白清平調三首中的第一首，為白受召進宮而作。這段描寫絕美境地隨天上仙苑始得相見。

註：華語、中古漢音各吟唱一遍

D 2/4　送孟浩然之廣陵　李白詩　南廬吟社詩譜

故人西辭黃鶴樓，
煙花三月下揚州，
孤帆遠影碧空盡，
唯見長江天際流。

吟唱法：Ⅰ 唱詩，小行板
　　　　Ⅱ 吟詩，小行板
　　　　Ⅲ 唱詩，小行板

說　明：七言絕句，樓頭送別之詩，
　　　　以景物寫出離愁。

註：華語吟唱一遍，中古漢音吟唱兩遍

出塞（七絕樂府）王昌齡詩・天籟調

秦時明月漢時關，
萬里長征人未還。
但使龍城飛將在，
不教胡馬渡陰山。

吟唱法：Ⅰ 唱詩，行板
　　　　Ⅱ 吟詩，行板
　　　　Ⅲ 唱詩，行板

說　明：這首詩大意是譏諷邊將不得其人，放了壯常長征不還，胡馬亦時渡陰山。時代已變，有今不如古之歎，慨奇國有如李廣之飛將單來抵禦外侮，則邊境自靖，就無征人未還之抱怨了。

天籟調　王昌齡詩　出塞　C或D 4/4

6·53	·53	6	35	3·2	65	66	353	676
關		時		漢	明	月	時	秦
1·6	還		6 未	21 人	355	32	·53	2 萬
		將	飛		征	長	里	
1·6	在	6 陰	21 渡	0	5353	3 龍	·2 使	3 但
山					城			
				21	1 馬	0 6 胡	353 教	6 不

註：這首天籟調旋律相同，記譜方式及
音符略異，錄於此以供參考。
華語、中古漢音各吟唱一遍

1=E 4/4　　　　渭　城　曲 (七絕樂府) 王維詩·黃永熙作曲

‖: 6·7 35 | 6 76 3 — | 2·3 55 | 3 6 2 — |

| 1 12 35 | 3 5 6 — | 7·6 53 | 2 227 6 — :‖

‖ 6·7 35 | 6 76 3 — | 6·76 5653 | 2·1 3 — |
　　渭 城 朝 雨　浥 輕 塵，（浥　　　　輕　塵）

| 2·3 55 | 3 6 2 — | 1 12 35 | 3 5 6 — |
　客 舍 青 青　柳 色 新，　勸君　更盡　一 杯 酒，

| 7·6 53 | 2 227 6 — | 23 75 6 — | 6·7 35 |
　西 出 陽 關　無 故 人。　　　　　　　渭 城 朝 雨

| 6 76 3 | 2·3 55 | 3 6 2 — | 3·21 6663 |
　浥 輕 塵，　客 色 青 青　柳 色 新，　（柳

| 5·32 — | 1 12 35 | 3 5 6 — | 7·6 53 |
　色新）　勸君　更盡　一 杯 酒，　　西 出 陽 關

| 2 227 6 — | 23 75 6 — | 6·7 35 | 6 76 3 — |
　無 故 人。　　　　　　　渭 城 朝 雨　浥 輕 塵，

| 2·3 55 | 3 6 2 — | 1 12 35 | 3 5 6 — |
　客 舍 青 青　柳 色 新，　勸君　更盡　一 杯 酒，

| 3·5 6535 | 6·7 2 — | 2 76 53 | 5 — 1 — |
　（一　　　杯 酒）　　西 出 陽 關　無　故

詩　47

| 6̂ — 60 0̂ | 5653 2321 757 6 | 5653 2321 7 57 | 6 — — — ‖

人。

吟唱法：Ⅰ吟詩，小行板，前奏反覆第二遍時
　　　　吟詩，第二、三、四句疊吟，即 3 6 2 —
　　　　，3 5 6 — 和 Ⅱ 2 2 7 6 — 之第三拍 2、6、6
　　　　三字延長，使二、三、四句以稍快之速度
　　　　重吟一遍．
　　　　Ⅱ、Ⅲ、Ⅳ 唱詩，小行板

說　明：這是一首唐人送別的歌詞，又名
　　　「陽關三疊」，朋友餞別，情意纏綿，
　　　　勸君盡酒，愁慘景象，臨別依依，
　　　　黯然銷魂，尤見友誼之真摯與可貴。

註：渭城曲即陽關曲，共七首不同之唱譜，
　　今錄三首．
　　本首華語吟唱

#D 4/4　　陽　關　曲　王維詩·南盧吟杜詩譜

| 6 - 5 - | 5 4 3·0 | 5 6 1 7 | 6·0 35 65 |
渭 城　朝 雨　浥 輕　塵，客舍

| 6 54 3·0 | 2·3 1 7 | 6·0 54 3 | 17 65 6·0 |
青 青　柳 色 新，勸君 更盡

| 23 654 | 3·0 1 65 | 6 4 3·0 | 35 21 76 |
一 杯　酒，西出 陽 關　無故

| 1 - - - ‖
人 。

吟唱法：工 唱詩，慢板
　　　　　二 吟詩，行板
　　　　　三 唱詩，慢板

說　明：一作渭城曲，七絕樂府。
　　註：華語吟唱一遍，中古漢音吟唱兩遍

詩　**49**

(一)　　G 3/4　　渭城曲（七絕樂府）王維詩·古曲

‖ 5·6̣ | / 2 | 2 — | 6̣·1 32 | / 2 | 2 — | 5665 | 3532 |
清和節當春，　渭城朝雨浥輕塵，　客舍青青

| / 2 | 2 — | 16̣ 616 | 5 6 | 6 — | 6̣·1 32 | / 2 | 2 — |
柳色新，　勸君更盡一杯　酒，　西出陽關無故人。

| 2·6̣1 | / 1 — | 6 6· | 6 6· | 65 656 | 3 3 | 2·6̣1 | / 1 — |
霜夜與霜晨，　遄行、遄行，　長途越度關津，惆悵役此身。

| 3·1 | 2 — | 3·1 | 2 — | 33 12 | 6 5 | 6 — | 6 5 |
歷苦辛、　歷苦辛，　歷歷辭　宜自珍，　宜自

| 6 — | 6 — ‖
珍。

(二)

‖ 6̣·1 21 | 3 2 | 2 — | 5665 | 3532 | / 2 | 2 — | 12 21 |
渭城朝雨浥輕塵，　客舍青青柳色新，　勸君

| 6̣1 16̣5 | 4 56 | 5 — | / 2 | 3532 | / 2 | 2 — | 5665 |
更盡一杯酒，　西出陽關無故人。　依依

| 35 32 | 2 23 | / / | 2·6̣1 | / — | 6 6· | 6 6· | 65 656 |
顧念不忍 離淚滴 沾巾！無復相輔仁，　感懷、感懷思君十

| 3 3 | 2·6̣1 | / — | 3·1 | 2 — | 3·1 | 2 — | 33 12 |
時辰，商參各一垠，　誰相因、誰相因，　誰可相

| 6 5 | 6 — | 6 5 | 6 — ‖
日馳神、日馳　神。

(三)

‖ 6·1 32 | / 2 | 2 — | 5̂6 6̂5 | 3̂5 3̂2 | / 2 | 2 — | 1̂2 2̂1 |
渭城朝雨浥輕塵，　客舍青青 柳色新，　　勸君

| 6̂1 1̂65 | 4 5̂6 | 5 — | 6·1 32 | / 2 | 2 — | 2·1 6̂1 | / — |
更盡一杯酒，　西出陽關無故人。　芳草遍如茵，

| 6 6· | 6 6· | 6̂5 6̂56 | 3 3 | 5 6̂1 | 6 5 | 6̂1 6 | 5̂3 3̂21 |
旨酒、旨酒，未飲心已 先醉。載馳 騑載 馳騑何日言旋軒

| / 33 | 3̂22 2 | 1̂1 6̂6 | 1̂1 2̂2 | 3 3̂535 | 2̂2 2 | 3̂2 2 | 3̂2 3̂2 |
轅？能的幾多巡。行巡有盡才表難泯無窮 的悲傷，楚天 湘水隔遠

| 2·2̂1 | 6 / | / — | 3·1̂ 2 | — | 3·1̂ 2 | — | 3̂3 1̂2 |
讓。期早托鴻鱗，尺素申、尺 素申，尺素頻申。

| 6 5̇ | 6 — | 6 5̇ | 6 — ‖
如相 親、如相 親。

(尾聲)

‖ 3 — ↑ 3 0̂21 | 6̂6 6̂1 | 2̂1 3̂2 | 2 3 | 3 3 | 2 — ‖
噫！　　從今一別兩地相思入夢頻，聞雁來賓。

詩　51

吟唱法：一吟詩，慢板，第一段第一遍吟詩，渭城朝雨四句。

二唱詩，慢板，第一段第二遍開始唱詩至尾聲結束。

說　明：此曲之唱法與陽春白雪集中大石調陽關三疊詞之結構，第一句不疊，餘每句皆再唱之唱法不同，今并錄於下：

渭城朝雨，一霎裛輕塵。更灑遍客舍青青，弄柔凝，千縷柳色新；更灑遍客舍青青，千縷柳色新。休煩惱！勸君更盡一杯酒，人生會少，自古功名富貴有定分，莫遣容儀瘦損。休煩惱！勸君更盡一杯酒，只恐怕西出陽關，舊游如夢，眼前無故人！只恐怕西出陽關，眼前無故人。

註：華語、中古讀音分開吟唱。

蜀相 杜甫詩·南廬吟杜詩譜

吟唱法：Ⅰ吟詩，小行板
　　　　　Ⅱ唱詩，小行板

說　　明：七言律詩，這是游覽兼咏史的詩，
　　　　　後二句常有讓人覺得才困時艱之感。

　　註：華語、中古漢音各吟唱一遍．

D 4/4　錦瑟　　　　　　　李義山詩・尤信雄・張瑜役曲

| 5̲3̲ 3̲·4̲2̲·1̲ 5̲ | 5 — — 0 | 6̲·7̲ 1̲·6̲ 5 4 | 3 — — 0 |

錦瑟無端五十弦，　　　　一弦一柱思華年。

| 5̲·5̲ 6̲5̲ 1̲·3̲3̲ 3̲2̲ | 2 — — 0 | 6̲5̲ 1̲·3̲ 3̲2̲ 2̲1̲ | 1 — — 0 |

莊生曉夢迷 蝴蝶，　　　　望帝春心託 杜鵑 。

| 1̲7̲1̲ 2̲1̲ 3 6̲5̲· | 5 — 1̲7̲1̲ 2̲1̲ | 7 1̲6̲·6̲ — | 2̲ 1̲· 1̲5̲3̲· |

滄海月明珠有淚，　藍田日暖玉生煙，　　此時 可待

| 3̲1̲ 6̲5̲·5̲ — ‖ 2̲3̲ 4̲·2̲ 7̲2̲ | 2 1 — — ‖

成 追憶，　只是當時已惘　然。

吟唱法：工 吟詩，中板
　　　　　　工 唱詩，中板

說　　明：此詩描寫悼亡之感，為七言律詩。

註：一次中古音演唱，一次華語演唱。

將進酒

D4/4 中板

```
| 6·5  52 | 5  2 |  35 35 |  35 5 |  32  5  |  32  32 | 3·2 |
  君    不    見   黃  河    之   水       天  上  來，
```

```
| 6·5  52 | 5  2 |  35 35 |  3  22 |  22  22 |  32 30 | 0 |
  君    不    見   高  堂    明   鏡       悲  白  髮，
```

```
奔  流    到   海   不   復   回？    明  雲？
```

```
5  6  6i 6 | 3·6  56 | 53  6·5 | 6·5 |
人  生  得  意   莫  使    空   對    歡，
```

```
3·6  56 | 5  52  53  35 | 30  35  3·2 | 6·5 |
莫  使   天  生  我  材    必  有   用，    月。
```

```
2·3  2  1  6i | 6·2  6i  5  53 | 6·5 |
千  金  散  盡   還  復  來，
```

```
6  6i  i  6i | 6·5  6i  5  53 | 6 5 0 |
烹  羊  宰  牛   且  為  樂，    來。
```

```
3·6  6  6i | 3 |
會  須  一  飲   三  百  杯。
```

將進酒

岑夫子，丹丘生，將進酒，杯莫停。
與君歌一曲，請君為我傾耳聽。
鐘鼓饌玉不足貴，但願長醉不願醒。
古來聖賢皆寂寞，惟有飲者留其名。
陳王昔時宴平樂，斗酒十千恣讙謔。
主人何為言少錢，

| 5 · 6 5 6² | 3 6 50 0 |
徑　須　沽　取　　對　君　酌．

| × × 0 | × × × 0 |
五　花　馬　，　　千　金　裘．

| × × × × | × × × 0 |
呼　兒　將　出　　換　美　酒，

rit —
| 6 1 6 · 5 | 3 · 6 3 6 | 5 — — — ‖
興　爾　　　　同　銷　萬　古　　愁。

C 4/4 中板　春江花月夜 (七言古詩)　張若虛 詩
南盧吟杜詩譜

```
| 6 5 6  i | i. — 0 | 3 2 3 5 | 5 — — 0 |
| 0 0 0 0 | 3 2 i 7 | 7 — — 0 | 7 6 5 3 |
  啊

| 6 5 6  i | 2 — i 2 | i 5 76: | 3 2 3 5 |
| 3 — — 0 | 6 5 6 i | 2 — i 2 | i 5 76. |
  啊

| 6 — 5 6 | 5 2 3 — | 5 7 6 — | 6 — — — |
| 3 2 3 5 | 5 6. 5 6 | 5 2 3 — | 5 7 6 — |
  啊
```

春江潮水　連海平，　海上明月共潮生，

灩灩隨波千萬里，何處春江無月明，

江流宛轉繞芳甸，月照花林皆似霰，

空裡流霜　不覺飛，　汀上白沙

看不見，江天一色無纖塵，皎皎空中

孤月輪，　　江畔何人初見月，

江月何年初照人，人生代代無窮已，

| 6 i 6 6i | 65 3 2 — | 5 5. 3653 | 2.3 21 65 61 |

江月年年　望　相似，不知　江月待何　人，但　見

| 2 5 3 26 | 1 — 5 6i | i 65 32 35 | 6 — 6i |

長江送流　水，白雲　一片去悠　悠，青楓

| 6 5 3 26 | 1 — 5.6 | 5 5 3 6 | 65 3 6.i 6i |

浦上不勝　愁，誰家　今夜扁舟　子，何　處

| 23 5 3 26 | 1 — 5 35 | 5.3 23 | 53 23 5 — |

相思明月　樓，可憐　　樓上月徘徊，

| 0 0 6.i 6i | 2 5 3 26 | 1 — 56 | 5 i 6 53 |

　應　照離人妝鏡台，玉戶　簾中捲不

| 2.1 5 5 | 5.3 2 2 | 21 6 i — | 0 0 5 3.5 |

去，擣衣　　砧上拂還來，　　此時

| 5.3 2 3 | 53 23 5 — | 0 0 6.i 6i | 2 5 5 53 |

　相望不相聞，　願　逐月華

| 21 6 1 — | 0 0 56 | 5 i 6 53 | 2.1 2 35 |

流照君，　　鴻雁長飛光不　度，魚龍

| 2 3 21 6 | 1 — 5 65 | 6 6i i 65 | 32 35 6 — |

潛越水成　紋，昨夜　閒潭　夢落花，

| 0 0 5 35 | 5.3 21 | 21 6 1 — | 0 0 5.i 6 |

可憐　　春半不還家，　　江水

| 5̣.6 i̇ 6 3 | 5̣ 3.2 35 | 2 3 2̂1̇ 6 | 6̣1̇ — 5.i̇ |

流　春去欲盡，江潭　落月復西　斜，斜月

| 6 6i̇ 3 6 | 5 — 6.1 | 2 5 32 1 | 2 — 55 5̂2 |

沈沈藏海霧，碣石　瀟湘無限　路，不知

| 36 53 2.32 1 | 6̂5.61̇ 2 35 | 3 2̂6 1 — |

乘月幾人歸，落　月搖情滿江樹．

| 6 5 6 i̇ | i̇ — 0 0 | 3 2 3 5 | 5 — 0 0 |
| 0 0 0 0 | 3 2 i̇ 7̇ | 7̇ — 0 0 | 7̇ 6 5 3 |

啊

| 6 5 6 i̇ | i̇ — 0 0 | 3 2 3 5 | 5 — 6 — |
| 0 0 0 0 | 3 2 i̇ 7̇ | 7̇ — 0 0 | 7̇ — 6 — |

啊

註：中古漢音吟唱．

G 4/4　閱官軍收河南河北　杜甫詩·南廬吟杜詩譜

劍外　忽傳　收薊北，初聞　涕淚滿衣裳。

卻看　妻子　愁何在，漫卷詩書　喜　欲狂。

白日　放歌　須縱酒，青春　作伴　好　還鄉，

即從　巴峽穿巫峽，便下襄陽　向　洛陽。

吟唱法：工吟詩，中板
　　　　正唱詩，中板

說　　明：肅宗寶應元年十一月，官軍破賊於洛陽，
　　　　進取東都，河南平定，史朝義走河北，被李
　　　　懷仙斬其首以獻，河北又告平定，時杜甫
　　　　聞薊北光復，喜可挈眷還鄉，故作此詩。
　　　　這是一首完全敘事之七言律詩。

　　註：華語、中古漢音各吟唱一遍。

詞

G4/4　　漁　歌　子　　　張志和詞・碎金詞譜

‖: 0 61 3516 2 | 216 1 6 — | 53 53 3565 3 |
　　　　　　　　　　　　　　西塞山前白鷺飛，

| 56 616 231 36 | 5 6 0 5652 | 23 06 0124 6 |
桃花流水鱖魚 肥，　　青箬笠，綠蓑衣，

6 61 3516 2 | 216 1 6 — :‖
斜風細雨不 須 歸。

吟　唱　法：江唱詞，慢板
　　　　　　乃吟詞，慢板
　　　　　　乃唱詞，慢板

說　　明：張志和他身居江湖，過著漁父生活，
　　　　　無牽無掛，自稱煙波釣徒，西塞山
　　　　　在浙江湖州，漁歌子即漁歌，子字
　　　　　無義，為語尾餘音。

註：華語吟唱兩遍、中古漢音吟唱一遍。

6E 4/4　花　非　花　白居易詞·黃友棣作曲

‖: 5 6̂5 5̂ 3 | i 2̂1 î 6 | 5 5̂i 6·5 | 3 2̂1 2 — |
花 非 花，霧 非 霧，夜 半 來， 天 明 去，

| 2 3̂5 65 | 5 2̂ 6 — | i 6̂i 5 3̂5 | 6· 2·3 i — :‖
來 如 春夢 不多時， 去 似 朝雲　 無 覓處．

吟唱法：Ⅰ唱詞，中板
　　　　Ⅱ吟詞，中板
　　　　Ⅲ唱詞，中板

說　　明：春夢不多時，還是好好地把握人生
　　　　　吧！白居易，為人和平簡易，為詩為文
　　　　　以平易近人著稱，這首詞帶給您多少
　　　　　啟示與感受呢？

　　　　註：華語吟唱兩遍，中古漢音吟唱一遍．

秋風詞　李白詞・古曲

G 3/4

‖: 3̲5̲5 5̲3̲5 | i 6̲5̲6 5 | 6̲1 2̲3̲5 | 2̲2 2 |
秋風　清　秋月　明，落葉　聚還　散，

| 5̲6̲i 3̲5̲3̲2 | 1̲1 1 | 6̲5̲6 1̲2̲3 6̲1̲6̲5 | 5̲5 5 |
寒鴉　棲復驚，相親相見　知何日？

| 3̲2̲3 5̲6̲i 3̲5̲3̲2 | 1̲1 1 | 6̲5 1̲1 1̲6̲1 | 2̲2 2 |
此時此夜難為情。入我相思門知我　相思苦？

| 5̲3̲5 6̲i 5̲6̲5̲3 | 2̲2 2 | 3̲2̲3 5̲6̲i 3̲5̲3̲2 | 1̲1 1 |
長相思兮長相憶，短相思兮無窮極。

| 5̲6 2̲1 | 2̲2 2 | 6̲1 2 | 5̲6̲i 3̲5̲3̲2 |
早知如此絆人　心，何如　當初

| 1̲1 1 | 6̲1 2 | 5̲6̲i 3̲5̲3̲2 | 1̲1 1 :‖
莫相識，何如　當初　莫相識。

吟唱法：工吟詞・慢扳
　　　　五唱詞，慢扳

說　明：這首秋風詞，借秋起興，秋是相思
　　　　的季節，秋風，秋月更惹人起無限的
　　　　懷念，它是一首相思曲。

註：華語、中古漢音各吟唱一遍。

F 4/4 中板　漁父　李後主詞·張玉珍曲

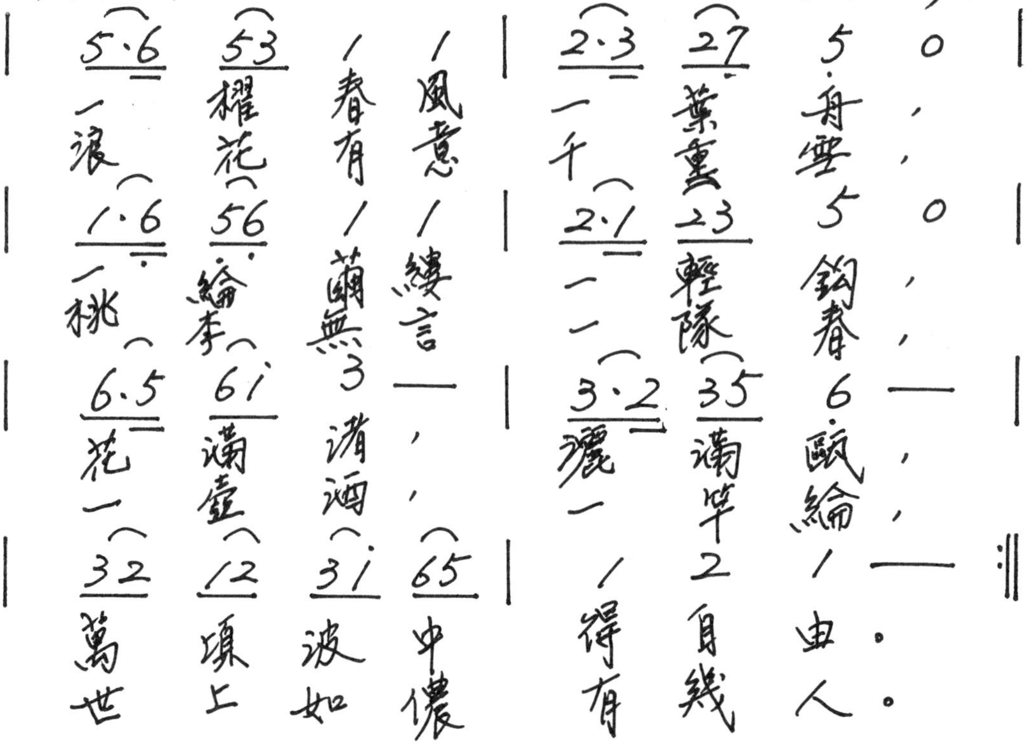

悠閒魚釣之詞，一派瀟灑而意境悠遠，淡泊名利與逍遙自在，與世無爭之感。

註：華語演唱

一 剪 梅　　李清照 詞・李勉 訂譜

|| 332 35 | 6516 532 | 0161 232 | 65 0165 | 615 2316 ||: 532 35 |

　　　　　　　　　　　　　　　　　　　　　　　　　　　紅 藕
　　　　　　　　　　　　　　　　　　　　　　　　　　　花 自

| 665 323 | 5653 2·3 | 5661 2·1 | 623 216 | 5·6 653 | 2·3 1653 |

香 殘 玉　簟 秋·輕解羅 裳 獨 上 蘭 閨
飄 零 水　自 流·一種相 思 兩 處 閒

| 2·3 5335 | 6·3 2·1 | 623 216 | 5·6 1612 | 3233 2·1 | 623 216 |

舟·雲中誰 寄 錦書　來·雁字回 時 月滿西
愁·此情無 計 可消　除·才下眉 頭 卻上心

| 5·5 1612 :|| 5235 216 | 5 0 ||

樓·
頭·

吟唱法：工 吟詞，慢板，一二段．
　　　　五 唱詞，慢板，一二段．

說　明：此詞為李清照惜別丈夫趙明誠
　　　　而作，送別丈夫赴外求學，惜別
　　　　情調，淒婉而悲涼，詞意極美．

註：華語吟唱．

C 4/4　　　　玉　樓　春　　劉克莊詞·南廬吟杜詩譜

```
‖: 5·3   i   13   2i  | 53i   6535   2i3   3 |
   年    年  躍    馬    長     安     市，
   易    挑  錦    婦    機     中     字
```

```
|  53   5   6i23   i  | 3·5   321   3   35 |
   客    舍   似    家    家     似    寄    青
   難    得   玉    人    心     下    事    男
```

```
|  535   6i23   i   2·3 | i7   6   —   i65 |
   錢     換     酒   日    無    何，       紅燭
   兒     西     北   有    神    州，
```

```
|  352i   3   5i   6532 |  i   —   0   0  :‖
   呼      盧   宵    不      寐。
```

```
|  ii   6i65   352i   3  |  5i   6532   i   —  ‖
   莫滴   水西   橋     畔     淚。
```

吟唱法：工吟詞，小行板
　　　　正唱詞，行板
說　明：此詞又名木蘭花。
註：華語吟唱。

西江月 辛棄疾詞·南廬吟社詞譜

A 2/4

```
| 6  3 | 65  3 | 56  5 | 61  2 |
  萬事    雲煙    忽       過

| 3  — | 16  1 | 13  21 | 36  5 |
         百年 蒲   柳       先  衰

| 6  — | 53  53 | 2  35 | 12  3 |
  而    今      何  事    最  相

| 3  — |   16 | 5  3 | 11  62 |
  宜      宜醉            宜遊 宜

| 16  21 | 6  — | 6  3 | 65  3 |
  睡             早      趁催

| 35  65 | 3  — | 56  71 | 3  21 |
  科了 納,          更量出    入

| 6  5 | 6  — | 5  3  5 | 65  32 |
  收支,           乃翁依舊管  些

| 3  — | 13  21 | 6  13 | 21  6 |
  兒,    管竹      管山管    水

| 53  5 | 6  — ‖
  水。
```

吟唱法：工 吟詞，中板
　　　　　正 唱詞，中板

說　　明：西江月又名江月令、步虛詞、
　　　　　白蘋香、壺天曉、醉高歌。

註：華語吟唱。

小重山　姜白石詞．顧一樵訂譜

D2/4

| ↑2 | 3 53 | 2 — ↑2 — | 8. 2 | 3 53 | 2 — ↑2 — |
人　繞　湘　皋　　月　墜　　時。

| 6 6 | 2 1 65 | 6 — ↑6 — | 35 61 | 65 35 | 2 — ↑2 — |
斜　横　花　樹　小，　浸　愁　漪。

| ↑2 | 3 53 | 2 — ↑2 — | 6 — | 2 16 | 5 — ↑5 — |
一　春　幽　事　　有　誰　　知？

| 35 61 | 65 35 | 2 — ↑2 — | 8. 2 | 3 53 | 2 — ↑2 — |
東　風　冷，　香　遠　茜　裙　歸。

| ↑65 | 2 16 1 | 5 — | 5 — | 35 61 | 65 35 | 2 — ↑2 — |
鷗　去昔　遊　非．遶　薔　花　可　可，

| 8. 2 | 3 53 | 2 — ↑2 — | 6. 5 | 2 16 1 | 5 — | 5 — |
夢　依　依。　九　疑　雲　杳

| 35 61 | 65 35 | 2 — ↑2 — | 2. 1 | 23 1 61 | 5 — | 5 — |
斷　魂　啼。　相　思　血，都　沁

| 35 61 | 65 35 | 2 — ↑2 — | ↑65 | 2 16 1 | 5 — | 5 — |
綠　筠　枝。　都　沁綠筠　枝。

| 2. 1 | 23 1 61 | 5 — | 5 — | 35 61 | 65 35 | 2 — ↑2 — ‖
相　思　血，都　沁　綠　筠　枝。

吟唱法：Ⅰ吟詞，小行板，最後三句
　　　　　不吟誦．
　　　　　Ⅱ唱詞，小行板．

說　　明：賦潭州紅梅，原題小重山令．

　　註：華語吟唱．

浣溪沙

G 3/4　　張泌 詞·李勉 訂譜

‖ 0 53 | 556 16 | 12 53 | 223 54 | 3 36 ‖: 3 32 |
　　　　　　　　　　　　　　　　　　　　　晚 逐

| 3 5 | 65 61 | 2 25 | 12 35 | 23 21 | 65 61 |
香 車　入 鳳　城，　東 風　斜 揭　繡 簾

| 5 56 | 5·6 | 12 353 | 23 21 | 6 65 | 12 35 |
輕，　慢　迴　嬌　眼　笑

| 21 66 | 65 5 556 | 12 35 | 21 66 | 5 556 | 5·6 |
盈　盈，　　　　　　　　　消 息

| 3 2 | 56 53 | 2 25 | 12 35 | 23 21 | 65 61 |
未 通　何 計　是，　便 須　伴 醉　且 隨

| 5 56 | 5·6 | 12 353 | 23 21 | 6 65 | 12 35 |
行，　依　稀　聞　道　太

| 21 66 | 65 5 06 | 12 35 | 21 66 | 5 06 | 5 — ‖
狂　生。

吟唱法：I 吟詞，行板 II 唱詞，行板

說　明：人有追求理想與愛美的天性，只是表達的試
　　　　有別，他是否就是太狂生還是熱情洋溢呢！

　　　　註：華語吟唱。

F 2/4　　浣溪沙　　晏殊詞・胡然 作曲

‖: 56 1̇ | 65 3 | 61 35 | 6 — | 23 53 | 2321 6 | 7 57 | 6 — |

一　曲　新　詞　酒　一　杯，去　年　天　氣　舊　亭　台。

| 72 2161 | 63 3 | #56 6535 | 2 — | 23 53 | 2321 6 | 61 32 | 6 ·1̇ |

夕　陽　西　下　幾　時　回，（夕　陽　西　下　幾

| 6165 3235 | 6 — | 56 3 | 23 6 | 17 65 | 6 — | 17 #65 | 63 |

時　　回）無　可　奈　何　花　落　去，似　曾　相　識

| 23 5#4 | 3 — | 72 2161 | 63 3 | #56 6535 | 2 — | 23 53 | 2321 6 |

燕　歸　來，小　園　香　徑　獨　徘　徊。（小　園　香　徑

| 61 32 | 6 ·1̇ | 6165 3235 | 6 — :‖

獨　　徘　　徊）

吟唱法：Ⅰ 吟詞，小行板
　　　　　Ⅱ 唱詞，小行板

說　明：此詞描寫惜春的內心感受，
　　　　觸景而傷情。

註：華語吟唱。

F 4/4　　玉　梅　令　　范成大詞·姜白石曲

| 7·6 57 | 3 — 45 | 3·21 — |

疏疏雲　片、散入　溪南苑，

| 4·21 — | 3 — 43 | 5 — 03 |

春寒鎖、舊　家亭館，　　有

| 54 753 | 3 — 45 | 3·21 — |

玉梅幾　樹、背立　怨東風，

| 21 75 | 7 2 7·5 | 1 — — 0 |

高花未吐，暗香已　遠。

| 7 — 54 | 5 — 7 — | 3·21 — |

公　來領客，梅　花能勸。

| 4·21 — | 3 — 43 | 5 — 03 |

花長好、願　公更健。　　便

| 54 754 | 3 — 45 | 3·21 — |

揉春為　酒，剪雲　作新詩，

| 345 — | 7 32 — | 1 — — 0 ‖

拚一日　繞花千　轉。

吟唱法：工吟詞，小行扳
工唱詞，行扳

說　　明：公來領客，一作公來領略。
　　　　　寒冷的季節，梅開雪落，
　　　　　竹院深靜，繞梅剪雪作新詩，
　　　　　其樂無窮。

註：華語吟唱．

B小調 2/4　　青玉案　　賀鑄詞·顧一樵訂譜

| 6 · i | 66 535 | 6ii 65 | 3 — |
凌　　浪　不　過　橫　塘　路，

| 5 65 | 3 · 2 | 3 · 2 | 1 — |
但　目　　送、芳　塵　去，

| 2 · 5 | 32 12 | 32 32 | 1 23 |
錦　瑟　華　年　誰　與　　度，

| 6i 65 | 65 35 | 6 5 | 6 · 6 |
月橋花院，瑣　窗　　朱

| 5 5 | 352 653 | 5 5 | 123 221 |
戶，　只有春知　處。　碧雲冉

| 26 6i | 232 21 | 2 22 | 222 2 |
舟　蘅　皋　暮，影　筆

| #4 2 | 23 53 | 5 5 | 665 35 |
新　題　斷　腸　句，試問　閒

| 6 6 | 123 216 | 5 — | 6 56 |
愁　都　幾　許　　風

| 3 3 | 66i 65 | 6 6 | 123 216 |
川　煙草　滿城　風　縈，梅

| 55 5 | 665 35 | 6 6 | 6 :||
子　黃　時　雨。

吟唱法：Ⅰ吟詞，小行板
　　　　Ⅱ唱詞，行　板

說　　明：月橋花院瑣窗朱戶，只有春知處，
　　　　一作月樓花榭，綺窗朱戶，唯有
　　　　春知處。

　　　　青春之年，誰與共度，孤守閨房，
　　　　空賞花月，無人相伴，試問閒愁
　　　　幾許，正如賀方回之喻，一川烟草，
　　　　滿城風絮，梅子黃時雨。

　　　　註：華語吟唱。

D 4/4　　叙　　頭　　鳳　陸游・唐琬詞・楊秉忠曲

| 6 5 ⌒₃ — | 2 ⌒₇ 6 — | 1 1 2 5 3 2 | 1 — — — |

(一) 紅 酥 手、黃 滕 酒，滿 園 春 色 宮 牆 柳，
(二) 春 如 舊、人 空 瘦，淚 痕 紅 浥 鮫 綃 透，
(三) 世 情 薄、人 情 惡，雨 送 黃 昏 花 易 落，
(四) 人 成 各、今 非 昨，病 魂 常 似 秋 千 索，

| 6 5 6 — | ⌒ 2 3 — | 5 6 ⌒₃ 2 1 | ⌒₆ — ⌒₃ — |

(一) 東 風 惡、歡 情 薄，一 懷 愁 緒 幾 年 離 索，
(二) 桃 花 落、閒 池 閣，山 盟 雖 在 錦 書 難 託，
(三) 曉 風 乾、淚 痕 殘，欲 箋 心 事 獨 倚 斜 裝，
(四) 角 聲 寒、夜 闌 珊，怕 人 尋 問 咽 淚 裝，

| 6 5 3 3 2 1 6 6 | 5 6 ⌒ 6 0 0 ‖

(一) 錯　　錯　　錯。
(二) 莫　　莫　　莫。
(三) 難　　難　　難。
(四) 瞞　　瞞　　瞞。

吟唱法：I 一、二、三、四各段，皆先吟後唱，
　　　　吟詞小行板，唱詞小行板．

　　　　II 一、二、三、四段連唱，小行板，
　　　　不吟誦．

說　明：歎世事人情之難就，人亦各隨
　　　　歲月之成長與衰老，離愁寄語，
　　　　或錯或莫，或難或瞞．

註：華語、中古漢音分開吟唱．

♭E 4/4 相見歡 李煜詞·南廬吟社詞譜

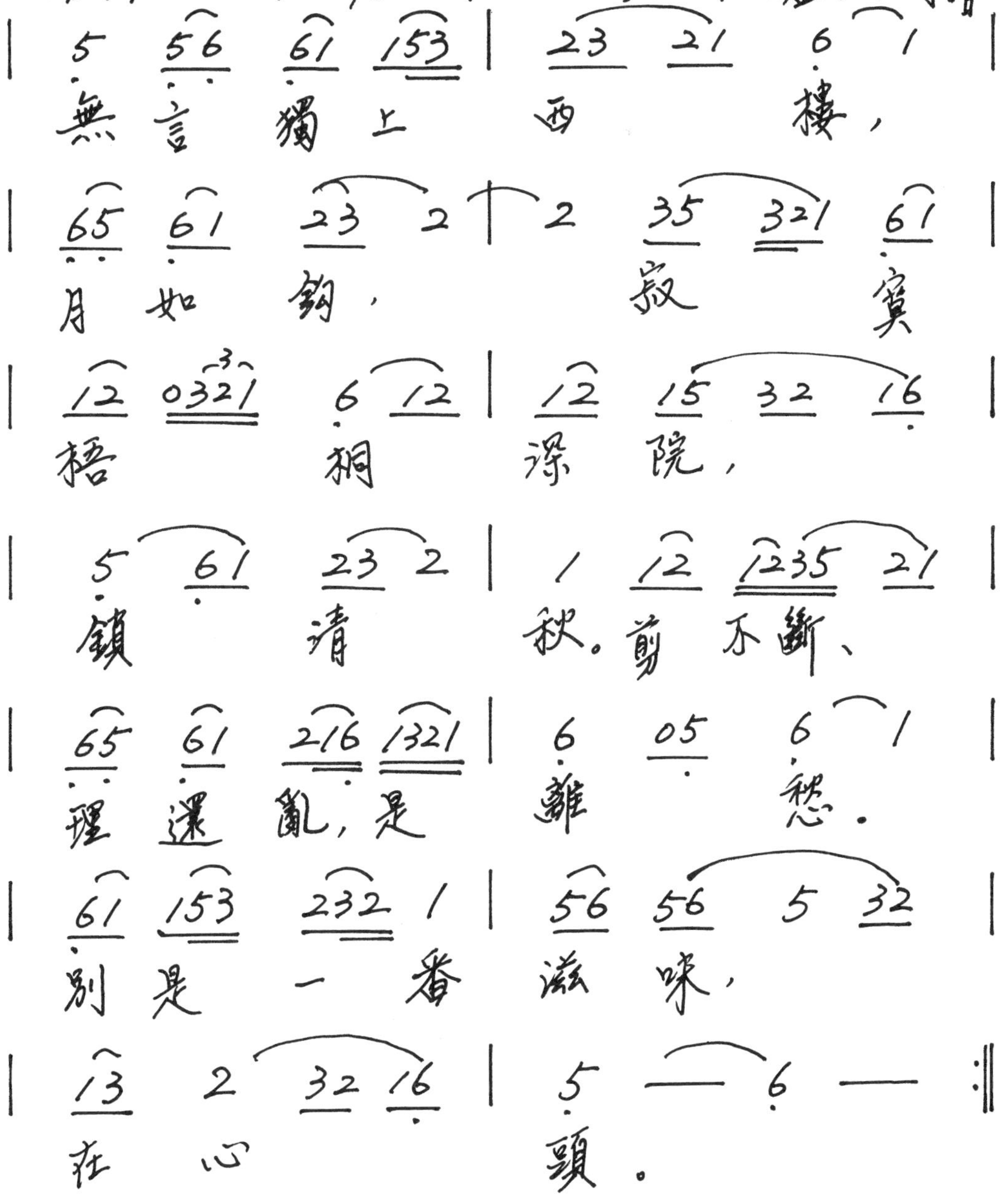

吟唱法：工吟詞，行扳
　　　　工唱詞，慢扳

說　　明：這是一首作於異國，橫為
　　　　離愁之詞．

　　　註：華語吟唱、

浪淘沙

李煜詞·古曲

簾外雨潺潺，春意闌珊。羅衾不耐五更寒，夢裡不知身是客，一餉貪歡，

獨自莫憑欄，無限江山，別時容易見時難，流水落花春去也，天上人間。

吟唱法：工吟詞，行板
　　　　工唱詞，慢板

說　　明：浪淘沙又名過龍門、賣花聲，
　　　　　此調有三體，以此體為佳。
　　　　　長恨歌中言天上人間會相見但
　　　　　恐不易有此，或與故國江山成
　　　　　永別，則意極悲切。

　　註：華語 吟唱。

D 2/4　　　菩　　薩　　蠻　　溫庭筠詞·南盧吟社譜

| 5·3 5 | 6i7 6 | 56 543 | 2 3 |

小　山　重　疊　金　明　　滅，

| 32 62i2 | 354 32 | i7 6 | 66 0i2 |

鬢雲欲度　香　腮　雪，　　懶　起

| 32 354 | 3 323 | 56 5435 | 6 65 |

畫　蛾　　眉，弄粧　梳　洗　　遲。照花

| 6i7 6 | 5·4 3 | 23 23 | 5·6 543 |

前　後　鏡，　　花面　　交　相

| 2i 2 | 2i 06i2 | 32 354 | 3 335 |

映，　　　新　貼　繡　羅　　襦，雙雙

| 6 5435 | 6 — ‖

金　鷓　　鴣。

吟唱法：工 吟詞，行板
　　　　　亞 唱詞，慢板

說　　明：重疊畫眉作金黃，梳洗弄粧·照花鏡，
　　　　　新貼繡、一作新著綺。

註：華語、中古漢音各吟唱一遍。

詞　87

前奏 G 4/4 慢板 胡琴　菩薩蠻　李白·辛棄疾詞·李勉考訂

| 5356 | 1 | 6165 | 332 | 56i653 | 225 | 3532 13 | 2321 | 6i56 | 116 |

| 13 | 5531 | 235 | 2(31 | 6123) | 135 | 2216 | 6516 |

平林漠漠　煙如　織，　寒山一帶　傷心
鬱孤台下　清江水，　中間多少　行人

| 5·6 | 1·235 | 216 | 556) | 5335 | 653 | 5533 | 2(31 |

碧。　　暝色入　高　樓，
淚。　　西北是　長　安

| 6123) | 135 | 2165 | 6i6 | 5·6 | 1·235 | 216 | 556) |

有人　樓上　愁。
可憐　無數　山。

| 5531 | 235 | 2(31 | 6123) | 135 | 2165 | 616 | 5·6 |

玉階　空佇　立，　宿鳥　歸飛　急。
青山　遮不　住，　畢竟　東流　去。

| 1·235 | 216 | 556) | 5356 | 133 | 2(31 | 6123) | 135 |

何處是歸　程，　長亭
江晚正愁　余，　山深

| 21 6 | 5·6 | 1·235 | 216: | 5

連短　亭。
聞鷓　鴣。

註：華語、中古漢音閩音唱.

C 4/4　　醉　吟　商　小品　　　　姜白石詞曲

```
| 5 - 4·6 | 5 - 7 - | 6 - 5 2 | 7 2 i - |
  又  正   是  春      歸，細柳 暗黃 千

| 7 - - - | 2 3 4·6 | 5 - - 0 | 3 5 4 5 3 |
  縷。    舊鴣啼 處，    夢逐金 鞍

| 2 - 7 #5 | 5 4 5 3 - | 2 - - - | 6 5 4·6 |
  去，一點 芳心 休 訴，    琵琶解

| 5 - - - :||
  語．
```

吟唱法：工 唱詞，行扳
　　　　　亚 吟詞，行扳
　　　　　亚 唱詞，行扳

說　明：這是一首由琵琶譜、醉吟商
　　　　湖渭州[7]所譯成之詞譜．

　　　註：華語 讀唱．

F 4/4　　隔　溪　梅　令　　姜白石詞‧曲

| 2 — 4 3 | 2 — 6 1 | 2 — 6‧7 | 6 — 1 2 |
好　花不　與　端香　人，浪遊遊，又恐

| 6 4 3 — | 2 — 1 2 7 | 6 — 1 3 | 2 — 1‧6 |
春風歸　去　綠成陰，玉鈿何　處

| 2 — — 0 | 2 — 4 3 | 2 — 4 5‧7 | 6 — 6‧7 |
尋。　　木　蘭雙槳　夢中雲，小橫

| 6 — 1 2 | 6 4 3 — | 2 — 1 2 7 | 6 — 1 3 |
陳，漫向　孤山山　下　覓盈盈，翠禽

| 2 — 1‧6 | 2 — — 0 ‖
啼　一　春。

吟唱法：Ⅰ吟詞，小行板
　　　　　Ⅱ亞唱詞，小行板

　說　明：白石道人自吳錫歸，作此詞。

　　註：華語讀唱。

9 4/4　　　　　憶　江　南　　　白居易詞·碎金詞譜

‖: 0　0　1 21 | 6 16 1 2 | 3 53 2 3 | 36 532 12 032 |

| 12 1 － － | 0　0 1 21 | 6 16 1 2 | 3 53 2 3 |
　　　　　　　　　　　　江　　南　好，　風　　景

| 36 532 12 032 | 12 1 0 32 | 3 5 5 06 | 5 65 3 5 |
　舊　曾　　諳，　日　出　江　花　紅

| 65 35 65 321 | 6 1 0 2 | 32 16 5 6 | 121 65 65 61 |
　勝　　火，　春　　　來　江 水　綠 如

| 02 16 5 6 | 3 56 56 5 | 65 321 2·3 | 2 16 5 6 :‖
　藍，　能　不　憶　　江　　南．

吟唱法：工 唱詞，中板
　　　　　亞 吟詞，中板
　　　　　亞 唱詞，中板

說　明：江南風光明媚，杭州西湖，堪稱江南第一．
　　　　白居易五十二歲時任杭州刺史．五十四歲時
　　　　任蘇州刺史．他回長安洛陽後，憶起昔日
　　　　江南所到之足跡，寫下憶江南三首，此
　　　　為其中之一闋．

註：華語吟唱兩遍，中古漢音吟唱一遍．

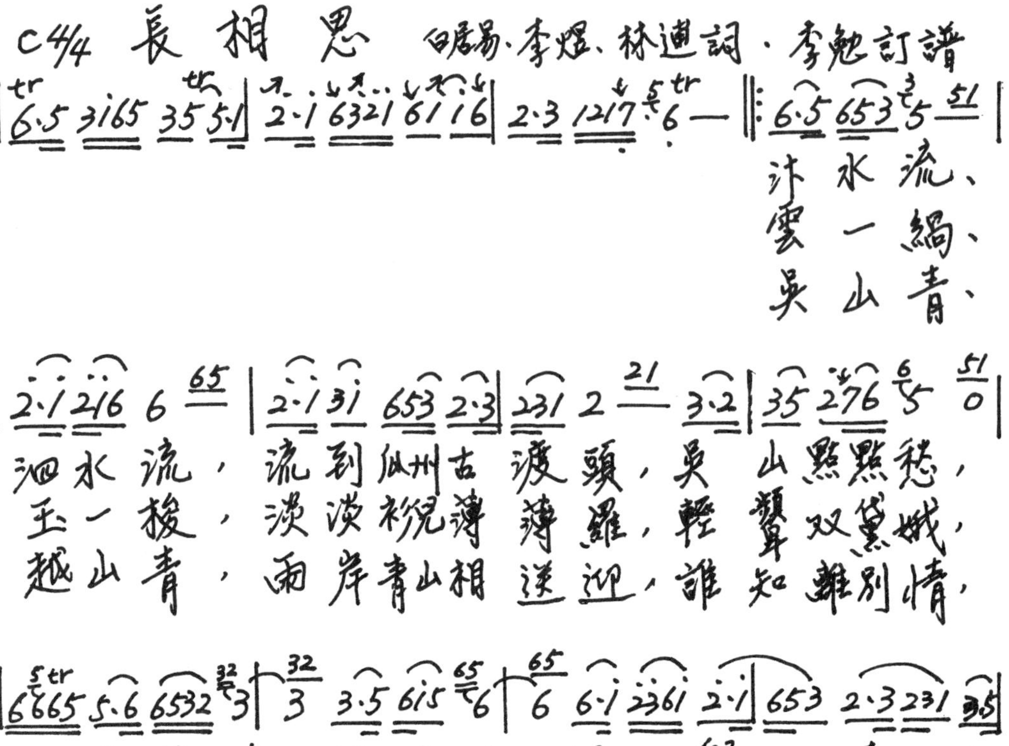
C 4/4 長相思 白居易、李煜、林逋詞．李勉訂譜
汴水流、泗水流，流到瓜州古渡頭，吳山點點愁，
雲一緺、玉一梭，淡淡衫兒薄薄羅，輕顰双黛蛾，
吳山青、越山青，兩岸青山相送迎，誰知離別情，
思悠悠、恨悠悠，恨到歸時方始休，月明人倚樓。
秋風多、雨如和，簾外芭蕉三兩窠，夜長人奈何。
君淚盈、妾淚盈，羅帶同心結未成，江頭潮已平。
I.II
II

吟唱法：工吟詞Ⅱ唱詞，皆慢板

　　　第一種吟唱，一吟一唱，第一段吟唱
　　　　完後接第二段吟唱，再接第三段。

　　　第二種吟唱，三吟三唱，第一、二、三段
　　　　吟詞後，再接唱詞。

　說　明：三首詞唱法相同，故合併於一譜，
　　　　三首詞各附名思悠悠、憶多嬌與峥嵘，
　　　　這首詞譜之曲調須唱得悲切。

　　　註：華語、中古漢音分開吟唱。

虞美人　李煜詞·碎金詞譜

G 4/4

‖: 33 53 3 353 | 2 — 3 0̇16 | 32 0216 | 56 | 6. — — ‖

‖: 33 53 3 353 | 2 — 3 0̇16 | 32 0216 | 56 | 53 35 65 323 |
春花秋月何時了　　往事知多少　小樓昨夜又東風

| 03 02 21 6 | 1 662 165 | 6 | 65 33 05 6 | 5 35 665 3 |
故國不堪回首月明　　中，雕欄玉　砌　應猶在，

| 21 03 2 1216 | 5 6 66 5 | 353 5361 3 23 | 012 32 02 2 |
只　是朱顏　改，問君　能有幾　多愁，恰似一　江春

| 16 3 2165 6 | 60 16 00 :‖
水　向東　流。

吟唱法：Ⅰ 唱詞，中板
　　　　Ⅱ 吟詩，中板
　　　　Ⅲ 唱詞，中板

說　明：南唐李後主枵亡國之痛，憶起往事，歎春花
　　　　秋月不能與之完結，一見明月，故國景況
　　　　不堪回首，朱顏改，問君幾多愁，是指自己
　　　　老大，恐死異國，不得歸故鄉，想欣賞雕欄
　　　　玉砌更是不可能，內心是非常悲痛的。

　　註：華語吟唱兩遍，中古漢音吟唱一遍。

G 2/4 慢板　**虞美人**　李煜詞·李勉訂譜

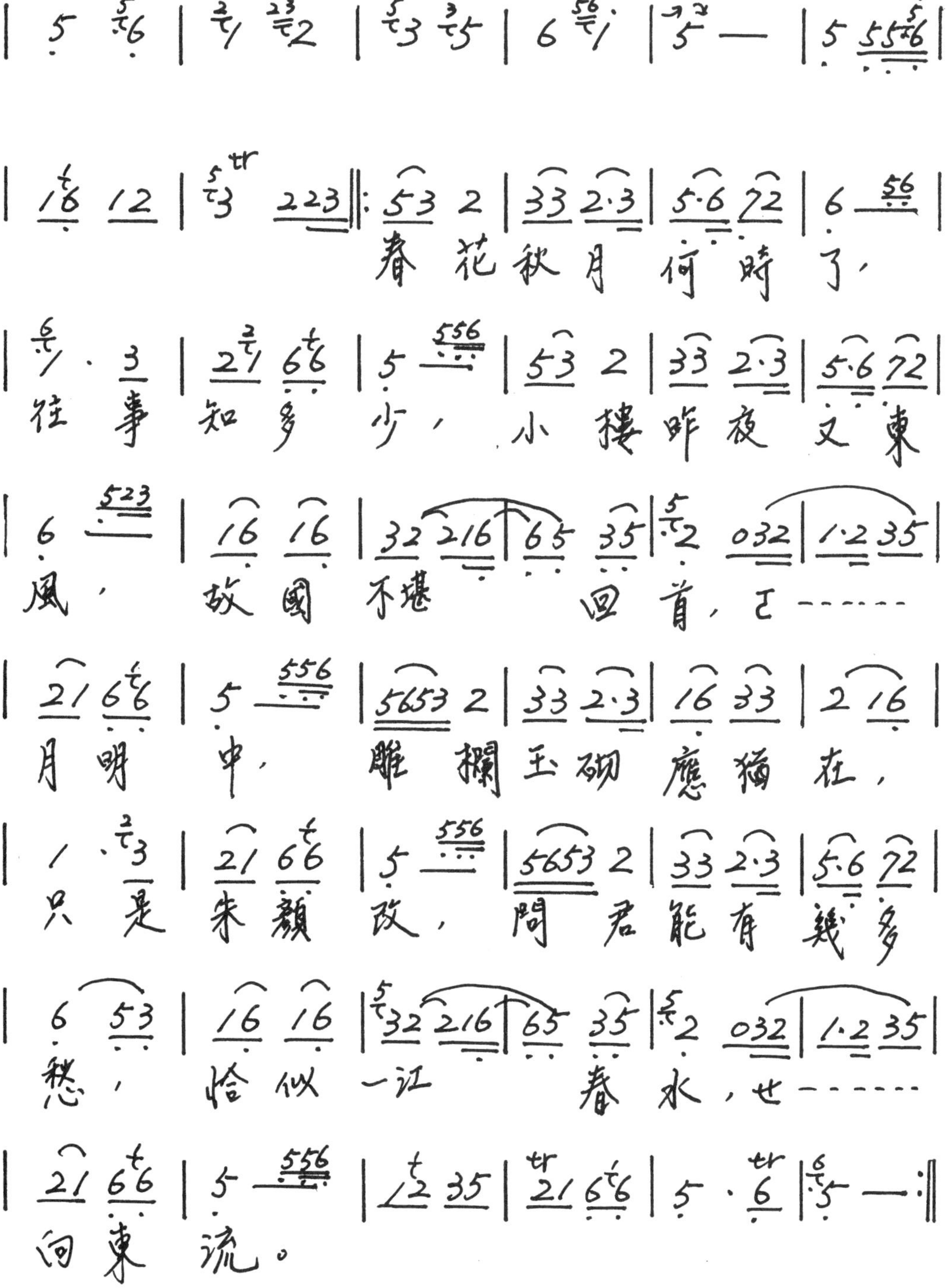

吟唱法：工 吟詞，行扳
　　　　五 唱詞，慢扳

說　　明：請與前譜詳細參閱．

　　註：華語、中古漢音分開吟唱．

G 2/4　　蘇　幕　遮　　范仲淹詞·南廬吟社詞譜

| 5 4 3　5 3 5 | 6 · 1 7 | 6 — | 6 — |

| 0 2 1 | 3 3 6 6 2 | 1 7 6 1 6 1 2 | 3 5 4 3 |
碧 雲天、黃葉 地，秋色 連 波，

| 0 2 2 1 2 | 3 5 4 3 2 3 | 2 1 6 1 2 1 6 | 3 2 1 2 1 |
波上 寒 煙 翠，山映 斜 陽

| 1 7 6 5 6 | 5 4 3 5 3 5 | 6 1 7 6 1 | 2 2 1 2 |
天接 水，芳草 無 情， 更在

| 3 5 4 3 2 3 | 2 1 6 2 1 | 6 1 7 6 5 | 6 5 6 |
斜陽 外。 黯 鄉 魂、追 旅

| 5 4 3 2 2 1 2 | 3 5 4 3 | 2 1 3 2 | 1 2 1 7 1 |
思，夜夜 除 非， 好夢 留 人

| 2 6 5 3 3 5 6 | 1 2 1 | 1 5 1 7 6 5 3 6 5 6 |
睡，明月 樓 高 休獨 倚，酒入

| 1 2 3 2 | 1 6 3 5 6 | 1 2 1 7 | 6 5 0 ‖
愁 腸，化作 相 思 淚。

詞 97

吟唱法：工吟詞，小行扳
　　　　正唱詞，行扳

說　　明：范仲淹為人節義，此為去國外官
　　　　　之詞，蘇幕遮為西域之婦帽，
　　　　　此詞又名雲鬆令。

　　註：華語演唱。

蝶戀花

柳永詞 李勉訂譜

獨倚危樓風細細，

望極春愁暗暗生天際，草色

煙光殘照裏，無人會得憑欄

意。也擬疏狂圖一醉，對酒

當歌，強樂還無味，衣帶漸

覺終不悔，為伊消得人憔

悴。

吟唱法：Ⅰ吟詞，行板
　　　　Ⅱ唱詞，行板

說　　明：衣帶漸寬終不悔，為伊消得人憔悴。
　　　　　王國維稱是人生第二種境界。
　　　　　這首詞一韻到底，前後闋相同。

註：華語讀唱。

蝶戀花　歐陽修詞・南廬吟社詞譜

D 4/4

| 6 i 65 | 6 — 6 — | 6 5 65 | 6 — — — |

| 6 5 6 — | 5 — — — | 6 52 6 52 | 5 — 2 — |
庭院深　深　　　深　幾　許，

| 1 2 3 5 | 6 5 6 — | 6 i 65 | 6 5 6 — |
楊柳堆煙，簾幕　無　　重　數，

| 6 i 65 | 3 21 6 — | 6 i 6 535 | 6 65 3 — |
玉　　勒　　雕鞍　遊冶處，

| 1 23 5 32 | 1 21 6 — | 6 i 65 | 6 5 6 — |
樓高　不　見　章

| 6 i 65 | 6 65 3 — | 1 2 3 5 | 3 2 i 16 |
台　　　路。　　雨橫風狂　三月暮，

| i 21 65 | 6 5 6 65 | 6 i 65 | 6 5 3 — |
門掩黃昏，無計留　　春　　　住，

| 1 2 3 5 | 6 5 6 — | 6 i 65 | 6 — 6 — |
淚眼問花　花不語，　亂　紅飛　過

| 6 5 65 | 6 — — — ‖
鞦韆　去。

詞　101

吟唱法：Ⅰ 吟詞，中板

　　　　Ⅱ 唱詞，中板

說　　明：盡日問花花不語，為誰零落
　　　　為誰開。此詞描寫閨怨。有
　　　　暗喻韓范被逐之筆。

　　註：華語 讀唱。

♭E 4/4　　念　奴　嬌　　　　蘇軾詞・古詞譜

| 0　0　<u>656</u> | 2̂　<u>1̂76</u>　6 — | <u>65</u>　3　5　3 | <u>2̂1</u>5　3　<u>36</u> |
　　　　大江東去　　　浪淘盡，千古風流人

| <u>543</u>　3 — 3 | <u>23</u>　<u>565</u>　1 — | 3　6　5 — | 1̇　<u>54</u>　3　3 |
物，　　故壘西邊　　　人道是．三國周郎

| 1̇　<u>76</u>　1 — | 6　<u>56</u>　2　2 | 2　<u>54</u>　3　<u>1̂3</u> | 2 — 3　<u>56</u> |
赤壁，　　　亂石崩雲　　驚濤裂岸，捲起

| <u>12</u>　1̇　<u>54</u>　6̂ | 6 — 6　6 | <u>35</u>　<u>32</u>　3 — | <u>12</u>　3　2　<u>17</u> |
千堆雪，　　　江山如畫，　一時多少

| 6̂　<u>654</u>　<u>32</u> | 1 — 2　3 | 6　<u>656</u>　<u>17</u> | 6 — <u>543</u> |
豪傑，　　逸想　公瑾當年，小喬

| 5　3　<u>12</u>　3 | 3　<u>54</u>　3　1 | <u>76</u>　1　1　3 | 1̇　<u>65</u> — |
初嫁了，　　雄姿英發，　羽扇綸巾，

| 3　6　5 — | 2̇　2̇　5　3 | <u>32</u>　1 — 6 | <u>36</u>　<u>543</u> — |
談笑間，　檣櫓灰飛煙滅，故國神遊．

| <u>54</u>　3　1̇　<u>65</u> | <u>43</u>　5　5 — | 3　3　1　<u>76</u> | 1 — 1　1 |
多情應笑我，　　早生華髮，　人生

| <u>23</u>　<u>54</u>　3 — | 5　6　<u>23</u>　<u>53</u> | 5 — 3　2 | 1 — 0　0 ‖
如夢，　一樽還酹江月．

詞　103

吟唱法：工吟詞，慢板
　　　　工唱詞，慢板

說　明：念奴嬌又名大江東去。

註：華語演唱。

D 2/4　　永遇樂　　辛棄疾詞·李勉訂譜

‖: 3235 6153 | 6.5 656 | 656i 223 | 2321 665 |

| i216 56i | 6i65 332 | i6 125 | 3.2 323 |

| 3 3235 | 656i---5--- :‖

| i3 2123 | i 32 | i656i 5 | 66 5135 |
千古 江　山，英雄 　無覓，孫仲　謀

| 2 0 | 3235 615 | 2216 615 | 13 21232 |
處。 　　　舞榭歌台，風流總被，雨打風吹

| 1 0 | 2316 221 | 6535 665 | 62316i 55i |
去。 　　　斜陽 　草 樹，尋　常

| 6i65 336 | 5653 221 | 3532 13 | 21232 1 |
巷 陌，人 道 寄　奴曾　住。

| 0 3235 | 6153 50 | 1612 3523 | 56535 221 |
想　當年，金戈鐵馬，氣　吞

| 656 6216 | 56i 6533 | 2 0 | 3235 615 |
萬　里如 　虎。　　 元嘉草草，

| 6656 323 | 1612 30 | 5.616 553 | 2132 1 |
封狼居胥 贏　得 倉　皇 北　顧。

吟唱法：工 吟詞，慢板
　　　　乙 唱詞，慢板

說　　明：原題附名京口北固亭懷古，此詞
　　　　　前疊懷想當年孫仲謀及寄奴，後疊
　　　　　感慨自己。

註：華語演唱.

G 2/4 水調歌頭 蘇軾詞·李勉訂譜

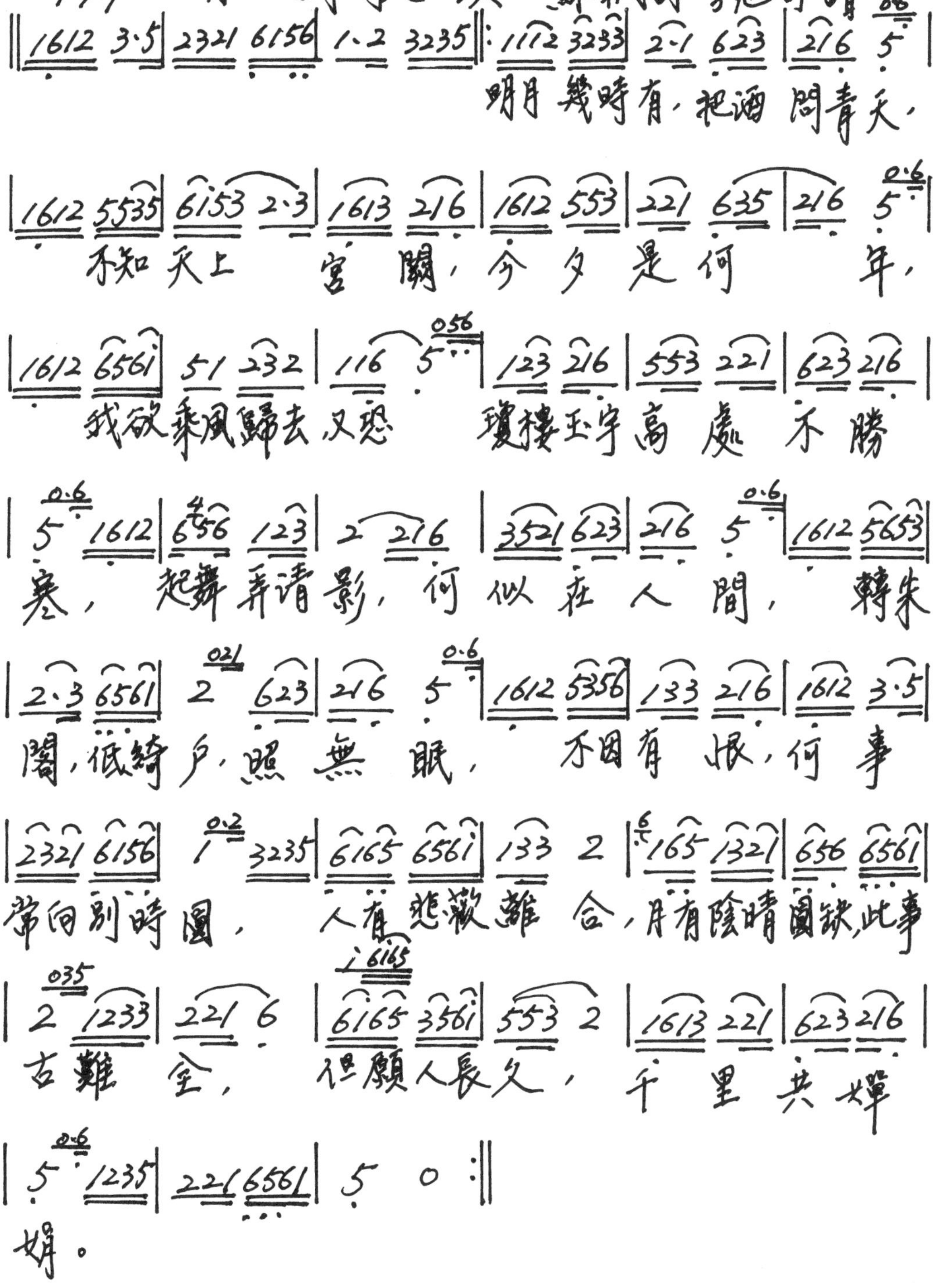

吟唱法：I 吟詞，慢板
　　　　 II 唱詞，緩板

說　　明：此詞描寫醉飲，情調歡暢，一名
　　　　 江南好，花犯念奴。原附題「丙辰
　　　　 中秋，歡飲達旦，大醉，作此篇，
　　　　 兼懷子由」，丙辰為神宗熙寧九年，
　　　　 東坡年四十一歲。

註：華語讀唱。

水調歌頭

C 2/4　　　蘇軾 詞·南九宮大成譜

```
|3 3  5 |3 6  5 4 |3  — |3 2  5 |
 明 月  幾   時    有，    把    酒

| 6·1 5 | 6·1 7 6 |5  — | 不 2 3 |
  問      青        天，   不  知

|5·4 | 3·5 |2 1 7 6 |5  6 |
 天    上   宮        闕，

|6 0  5 |5 4  3 5 |6 1  5 |6 1 2  1 7 6 |
 今      夕      是      何

|5  — |5 4  3 5 2 |3 2  5 4 |3 3 2 |
 年，  我  欲      乘      風

|7 1  7 1 |1 0  6 |6 1  5 6 |
 去，              又      恐

|6·1 5 4 3 |5 4 5  6 |
 玉        宇

|6  — |5 6 1 |3·2  5 |6·1 5 4 5 |
 高    處    不      勝

|3  — |2 1 2 |3 5 2  3 |5 5  5 4 |
 寒    起    舞      弄    清

|3  3 |何 2 5 |3·2 1 2 |3 2  2 1 2 |
 影   似  在          人
```

轉朱閣，低綺戶，照無眠。不應有恨，何事長向別時圓。人有悲歡離合，月有陰晴圓缺，此事古難全。但願人長久，千里共嬋娟。

吟唱法：工 吟詞，中板
　　　　　 II 唱詞，小行板

說　明：不應有恨，今改
　　　　 不因有恨句。

註：華語演唱．

| 0 0 5.6 | 1 — 05 | 3 — 32 12 | 1 — 35 6 |

琅　然，　清　圓，　誰　彈，　響　空

| 5 — 32 1 | 1 — 6i | 32i 65 3 | 5 — 1 23 |

山，　無　言，　惟　翁　醉　中　知　其　天，　月　明

| 5 3 32 1 | 1 — 35 | 6 16 565 | 5 3 32 12 |

風　露　娟　娟，人　未　眠，　荷　蕢　過　山

| 1 — 3 56 | i 65 35 | 65 35 — | 32 ii 6i |

前，曰　有　心　也　哉　此　賢。　醉　翁　嘯　咏，

| 5 3 32 12 | 1 — i6 | i6 — 65 | 3 3 23 56 |

聲　和　流　泉，醉　翁　去　後，　空　有　朝

| 5 — — 32 | 1 — 6 56 | 12 i 16 56 | 5 — 3 56 |

吟　夜　怨，山　有　時　而　童　巔，水　有

| 12 i — 23 | 5 — ii | 6i 32 6 ii 65 | 3 3 |

時　而　迴　川，思　翁　無　歲　年，　翁　今

| 23 56 5 — | 12 5 32 12 | 1 — 3 23 | 5 3 32 1 |

為　飛　仙，此　意　在　人　間，試　聽　徽　外

| 65 35 — :‖

三　兩　絃。

吟唱法：工吟詞，中板

　　　　工唱詞，中板

說　　明：瑯琊幽谷，山水奇麗，鳥鳴空澗，
　　　　若中音會，醉翁喜之，把酒臨聽，
　　　　輒欣然忘歸。既去十餘年，而好奇
　　　　之士，沈遵聞之，往遊，以琴寫其聲，
　　　　曰：醉翁操。以上是有關詞牌名的
　　　　一段記載。

　　　　註：華語讀唱。

G 3/4　山花子　李璟·石孝友詞·李勉訂譜

‖ 0 6156 | 532 165 | 635 33523 | 261 6.123 | 216 556 ‖: 665 3561 |

手 捲
落 日

535 (33523 261) 661 | 2321 6153 | 5 056 | 665 3561 535 | 0 33523 261 |

真 珠　　　　上 玉 鉤，　依 然 春 恨
秋 風　　　　鎖 上 村，　全 稀 過 雁

661 2321 | 6153 5 056 | 661 212 | 035 6165 | 32 0323 | 216 5356 |

鎖 重 樓，　風 裏　花 落　　誰 是
少 行 人，　正 是　悲 傷　　愁 絕

2321 6.123 | 2161 535 | 06 6123 | 216 5 0.6 | 153 216 | 53 6653 |

主、思 悠　悠。
處、更 黃　昏。
青 鳥 不 轉
漠 漠 野 煙

135 2 065 | 1656 532 | 165 1326 | 165 5653 212 | 165 5653 2 0.3 |

雲 外 信，　　丁 香 空　結 雨　中 愁，
生 碧 樹，　　漫 漫 衰　草 際　黃 雲，

661 212 | 563 5.6 | 123 216 | 561 653 | 2. 5653 216 | 123 |

回 首　綠 波　人　三 峽　暮、接 也　天 鎖
借 使　綠 暫　行　到　此、　　也

Ⅰ ┌─┐ Ⅱ ┌─0·6─┐
2̲1̲6 5̲5̲6̲ ‖: 2̲1̲6 5̲ | 1̲5̲3̲ 2̲2̲1̲ | 6̲5̲1̲6̲ 5 ‖

流。
　　　魂。

吟唱法：Ⅰ吟詞Ⅱ唱詞，皆慢板

　　　　第一種吟唱，一吟一唱第一段，
　　　　　　　後接一吟一唱第二段。

　　　　第二種吟唱，二吟二唱，兩段
　　　　　　合併吟唱。

說　明：山花子，又名攤破浣溪紗。

　　註：華語演唱。

D 2/4　　　玉　蝴　蝶　柳永詞·顧一樵訂譜

| 6 i | 6 5̲3̲5 | 6·5̲ | 6 — | i i | 6·5̲ | 3 — | 3 — |
望處　雨收　雲　斷，　憑欄悄　悄，

| 3·#4̲ | 3·2̲ | 6 — | 6 — | 6 i | 6 3̲5̲ | 6̲i̲6̲5̲ | 3·2̲ |
目送　秋　光。　　　晚景　蕭疏·堪動　宋

| 3·#4̲ | 3·2̲ | 6·i̲ | 6 — | #4̲5̲2̲ | 6̲i̲6̲5̲ | 2 — | 2 — |
玉　　悲涼。水風輕，蘋花　漸老，

| 2 3 | i·2̲ | 6·i̲ | 6 — | 6·i̲ | 6·5̲ | 3 — | 3 — |
月冷　　落·梧葉　飄黃。遣情傷。

| 2·i̲ | 2 3̲i̲ | 6 — | 6 — | 6·i̲ | 6·5̲ | 6 — | 6 — |
故人何在，　　　煙水茫　茫。

| 6·i̲ | 6·5̲ | 6̲i̲6̲ | i — | i·2̲ | 3·2̲ | i̲6̲5̲ | 2·i̲ |
難　　忘　文　期酒　會，

| 2 3̲2̲ | i 2 | 6 — | 6·i̲ | 6 — | 5 — | 5 — | 5 i̲ |
幾孤風　月，　　屢變

| 6·5̲ | 6 — | 6 — | 6·i̲ | 6 6 | 5̲i̲6̲ | i — | i·2̲ |
星　霜。　　海闊天遙，　　未

| 3 2 | i — | i — | i — | 6·5̲ | 3 — | 3 — | 6 5̲3̲ |
知何　處　　是　蕭　湘。　念雙

| 6 5̲3̲ | 5 6̲5̲ | 6 — | 6·i̲ | 6·5̲ | 6̲i̲6̲ | 6 — | i·2̲ |
燕·難憑　　遠　　信，　指暮

6·5	3 —	3 —	6·i	6·5	6 —	6 —	6·i

天空識　　　歸　　航。　　　　黯相

6·5	3 —	3 —	6·i	6·5	6 —	6 —	6·i

望。斷鴻　　　聲　　裏，　　　立盡

6·5	6 —	6 — ‖

斜　陽。

吟唱法：Ⅰ吟詞，小行板
　　　　Ⅱ唱詞，小行板

說　明：幾孤風月，一作幾韋風月。
　　　　目送秋光，故人何在，幾孤風月，
　　　　海闊天遙，黯相望而欲恨無窮。

註：華語演唱。

玉樓春

李煜詞·李勉訂譜

‖: 5̱3̱2̱3̱5 2̱3̱2̱1 | 6̱1̱5̱6 1.2 | 3̱2̱3̱5 6̱1̱1̱6 :‖ 3̱5̱6̱1 6̱1̱6̱5 5̱3 |
晚　妝　　初　了

| 1̱3̱5 2.²⁵ | 1̱5̱3 2̱2̱1̱6 | 1̱.3̱2̱1̱6 5⁵⁵⁶ | 5̱3̱5 3̱1̱6̱5 |
明　肌　雪，春殿　嬪娥　魚貫　列，鳳簫　吹斷

| 3̱5̱3̱5̱6̱1 5̱3̱2 | 0̱3̱2̱1 5̱6̱1 | 1̱3̱2̱1 6̱1̱5̱3 | 5⁵⁵⁶ 0¹²³⁴⁶ |
水　雲　間，　　重按　霓裳　歌遍　徹，

| 0⁵⁵⁶ 3̱5̱2̱3 | 5̱5̱3 2̱3̱2̱1 | 3̱5̱6̱1 2 | 3̱5̱6̱1 5̱6̱5̱3 |
臨　風　　誰更　飄香　屑，醉拍

| 2̱3̱2̱1 6̱1̱5̱6 | 1̱.¹¹⁶ 3̱2̱3̱5 | 6̱1̱8̱5 1̱2̱5̱2 | 3³³⁶ 3̱2̱3̱5 |
欄干　情未　切，歸時　休照　燭花　黃，待踏

| 2̱3̱2̱1 6̱1̱5̱6 | 1.²3̱2̱3̱5 | 2̱3̱2̱1 6̱1̱2̱3 | 1 0 :‖
馬歸　清夜　月。

吟唱法：工吟詞，慢板
　　　　正唱詩，緩板

說明：又名木蘭花，描為宮娥笙歌之盛，
　　　　情猶未切，清夜未歸時。

　　註：華語演唱。

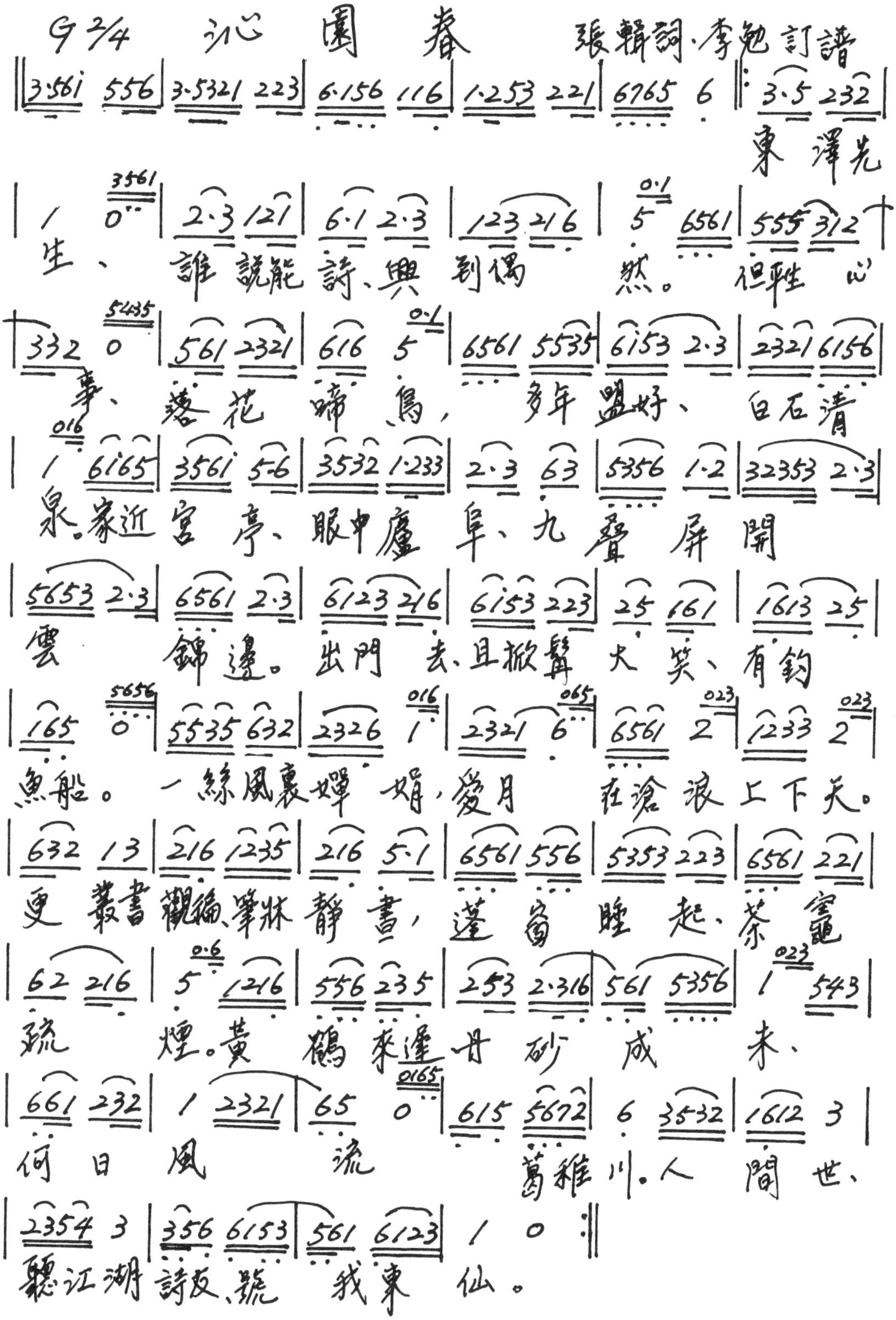
G 2/4 沁園春 張輯詞·李勉訂譜
東澤先生、誰說能詩、興到偶然。但平生心事、落花啼鳥，多年盟好、白石清泉。家近宮亭、眼中廬阜、九疊屏開雲錦邊。出門去、且掀髯大笑、有釣魚船。一絲風裏嬋娟，愛月在滄浪上下天。更叢書觀編、筆牀靜晝，篷窗睡起、茶竈疏煙。黃鶴來遲、丹砂成未、何日風流葛稚川。人間世、聽江湖詩友、號我東仙。

吟唱法：Ⅰ吟詞，行板
　　　　Ⅱ唱詞，慢板

說　明：此詞描述逍遙自樂，須唱得
　　　　輕鬆愉快，不可凝重。

　　　　逍遙養性，悠悠自在飄逸放曠，
　　　　心無牽掛，沁園春又名洞庭春色。

　　　　註：華語演唱。

G ¾　更　漏　子　　溫庭筠詞·李勉訂譜

‖: 1253 2·3 | 1261 2·3 | 1235 216 | 5·6 5653 | 2·3 1216 ‖: 1253 2·3 |

玉鑪香，
梧桐樹，

| 5365 2·3 | 1235 2160 | 561 65 3 | 2· 5616 | 5653 2 | 6561 2321 |

紅蠟淚，偏照畫堂△秋　　　思·眉翠　　薄，鬢雲殘
三更雨，不道離情△正　　　苦·一葉　　葉，一聲

| 6· 5616 | 5653 2321 | 6123 216 | 5· 6561 | 223 1216 :‖ 5 0 ‖

殘·夜長　衾枕　寒。
聲·空階　滴到　明。

　　吟唱法：工吟詞二段，慢板
　　　　　　正唱詞二段，慢板

　　說　明：蠟燭有心還惜別，替人垂淚到天明，
　　　　　　這是杜牧所寫離思之詞，紅蠟淚
　　　　　　三更雨，秋思正苦，一葉葉，一聲聲，
　　　　　　感觸尤深。

　　註：華語、中古漢音分開吟唱。

詞　**121**

D 4/4　　破　陣　子　辛棄疾詞·南廬吟社詞譜

```
| 65  33  565  3 | 31  22  121  65 | 6·1  6  —  0 |
  醉裏挑鐙看  劍，夢回吹角連    營。

| 55  5·3  5  5·1 | 5  6·5  3  — | 16  15  6  3·2 |
  八百里  分麾  下炙，        五十弦翻塞

| 16  6  — | 16  23  1·6  56 | 053  55  3  5 |
  外  聲。      沙場秋  點兵。  馬作的盧飛

| 665  31  6·1 | 6  6·2  165  6 | 53  5  53  5 |
  快，弓如霹靂弦    驚。了  却君王天

| 5·1  6·5  3  — | 61  1  6  121 | 65  6·1  6  0 |
  下  事，      贏得生前身  後  名。

| 16  6  6  6·2 | 16  6  — ‖
  可憐白髮    生。
```

吟唱法：Ⅰ吟詞·小行板
　　　　　Ⅱ唱詞·小行板

說　明：破陣子·又名十拍子·

　　註：華語演唱·

浪淘沙

李煜詞·李勉訂譜

C 2/4

簾外雨潺潺，春意闌珊，羅衾不耐五更寒，夢裏不知身是客，一晌貪歡，獨自莫憑欄，無限江山，別時容易見時難，流水落花春去也，天上人間。

吟唱法：工吟詞，小行板

　　　　　正唱詞，小行板

說　明：描寫亡國之痛，故國江山或成永別。

註：華語演唱。

G 4/4　　眉峯碧　　　　佚名・李勉訂譜

‖: 6 6̇1̇ 2̇3̇1̇6̇ | 2̇ 0̇3̇ 5̇ 6̇ | 5̇6̇ 5̇3̇ 2̇ 0̇3̇ | 2̇3̇ 2̇1̇ 6̇ 1̇2̇3̇ |

| 2̇1̇ 6̇ 5̇ 0 :‖ 6̇ 6̇1̇ 2̇3̇ 1̇ | 2̇ 3̇2̇ 3̇2̇ 3 | 5̇·6̇ 6̇5̇ 3 |

蹙破眉峯碧，　　　纖手還重

| 2 — 3̇2̇ | 1̇2̇ 3̇5̇ 2̇1̇ 6̇ | 5̇·6̇ 6̇5̇ 3 | 2 — 3̇2̇0̇ |

執，　鎮日相　看　未足時，

| 1 2̇3̇ 2̇1̇6̇6̇ | 5 — 6̇0̇ | 5̇·6̇ 5̇3̇ | 2 — 3̇2̇ |

便忍使鴛鴦　隻。　薄暮投村驛，

| 1̇2̇ 3̇5̇ 2̇1̇ 6̇ | 5 — 6̇0̇ | 5̇·6̇ 5̇3̇2̇ | 1̇6̇ 1̇2̇ 3̇2̇5̇3̇ |

風雨愁通夕，　　窗外芭蕉窗　裏

| 2̇1̇6̇ 1̇2̇3̇5̇ | 2̇3̇ 2̇1̇ 6̇5̇6̇1̇ | 6̇5̇ 0̇6̇5̇ 1̇·2̇3̇5̇ | 2̇·3̇2̇1̇ 6̇5̇6̇1̇ |

人，分明葉上　心頭　滴。

| 5̇ 0̇6̇ 5̇6̇ 5̇ :‖

吟唱法：工吟詞，中板
　　　　五唱詞，中板

說　明：此詞描寫男女分離，難過之心情，
　　　相當入微，一纖手還重執，相看未足
　　　時，一風雨愁通夕葉上心頭滴，男女
　　　離別之情是相當纏人的。
　　註：華語演唱。

D 2/4　　　雨霖鈴　　　　柳永詞　李勉訂譜

‖: 35 06 | 5·6 1326 | 55 6165 | 3235 | 2·3 | 212 | 2 :‖ 35 06 |
寒蟬淒

5 13 | 216 01 | 665 3 | 65 3135 | 2 3123/0 | 21 650 |
切，對　　　　長亭晚，　驟雨　初歇，　　　都門

61 665 | 3 653 | 05 2321 | 6 1235 | 212 | 1 | 0 1656/2 1 |
帳飲無緒，（方　　九）留戀處蘭舟　催發，　　　執手

650 61 | 665 3 | 656 530 | 1235 2 | 3653/0 2 1 | 165 61 |
相看淚眼，　竟無語　凝咽，　　念去去，千里

665 3 | 12 35 | 35 321 | 2 1 | 1656/0 | 2 1 02 | 3·3 2161 |
煙波，　暮靄沉沉　楚天　闊，　　　多情　自古傷離

5 0 | 66 5 3 | 12 35 | 333 2 | 3103/0 2 1 | 650 61 |
別，　更那堪，冷落　清秋　節，　　今宵　酒醒

665 3 | 12 3 | 53 212 | 1 | 1656/0 | 2 1 6561 | 5 66 |
何處，　楊柳岸，曉風　殘月，　　此去　經年，應是

53 12 | 35 33 | 2 | 3123/0 | 2 1 165 | 61 665 | 3 12 |
良辰好景　虛設，　　　便縱有，千種風情，　更與

35 321 | 2 1 | 0 665/6153 | 1235 | 321 21 :‖
何人　說。

吟唱法：工 吟詞，慢板
　　　　　正 唱詞，緩板 高八度音演唱.

說　　明：這首詞是長調中的緩板，轉折之
　　　　　唱法，今以裝飾音表示，這是一首
　　　　　描寫惜別之情的大調.

註：華語演唱.

G 2/4　　　　憶　仙　姿　　　莊宗詞·李魁訂譜

‖: 53 56 | 63 2 | 03 65 | 61 23 | 16 2 | 01 62 | 21 6 | 5 6 |

| 56 53 | 2 25 ‖: 53 55 | 31 23 | 23 61 | 53 2 | 01 65 | 13 21 |
　　　　　　　　　曾　宴　桃　源　　深　　　洞，一　曲　舞

| 60 135 216 5 | 0 53 | 56 63 | 2 0 | 61 23 | 21 6 | 135 216 |
鸞　歌　　　鳳，長　記　別伊　時，和　淚　出　門　相

| 5 0 | 53 50 | 53 50 | 56 63 | 51 23 | 2 01 | 61 23 | 21 6 |
送，如夢，如夢，殘　月　落　花　　　　煙

| 5 06 | 135 216 | 5 0 :‖
重

吟唱法：工吟詞，中板
　　　　正唱詞，中板

說　明：男思女，歌舞別淚，殘月落花
　　　　如夢，見景傷情。

註：華語演唱。

G 2/4　　憶江南　　溫庭筠詞‧李勉訂譜

||: 5235 161 | 561 1232 | 352 2162 | 165 6 :|| 5356 2.3 | 1235 216 |
　　　　　　　　　　　　　　　　　　　　　　　梳洗罷，獨倚望江

| 5 6561 | 6153 51 | 2135 2 | 1235 2321 | 6123 216 | 5 6561 |
樓，　　過盡千帆皆不是　斜暉脈脈水悠　悠，

| 5665 3135 | 2 6561 | 2356 351 | 2 0 :||
腸斷白蘋洲。

吟唱法：工 唱詞，慢板
　　　　　亚 吟詞，慢板
　　　　　亚 唱詞，慢板

說　明：無限情思，傷感哀慟，此詞又名
　　　　謝秋娘、望江南、春去也，原題
　　　　夢江南。

註：華語、中古漢音分開吟唱。

G 3/4　聲聲慢　李清照詞‧李勉訂譜

吟唱法：工吟詞，慢板
　　　　正唱詞，慢板
註：華語演唱。

八聲甘州

柳永詞・李勉訂譜

G 2/4

雨瀟江天，一番洗清秋，漸霜風淒緊，
關河冷落殘照當樓，是處紅衰
綠減，冉冉物華休，惟有長江水，無
語東流，不忍登高臨遠，
望故鄉渺渺，歸思悠悠，歎年來
蹤跡，何事苦淹留，想佳人、妝樓顒望，
誤幾回、天際識歸舟，怎知我、倚欄干
處，正恁凝眸。

吟唱法：Ⅰ 吟詞，慢板
　　　　Ⅱ 唱詞，緩板，這首詞高低音
　　　　相差很大，唱時尤須注意。

說　　明：八聲係歌時之節奏，甘州乃曲名，
　　　　如涼州曲，伊州曲。這是一首描寫
　　　　懷念家鄉，思歸心切，而蹤跡卻
　　　　流浪不定不得歸的心情。

註：華語演唱。

D 2/4 祝英台近 辛棄疾詞‧李勉訂譜

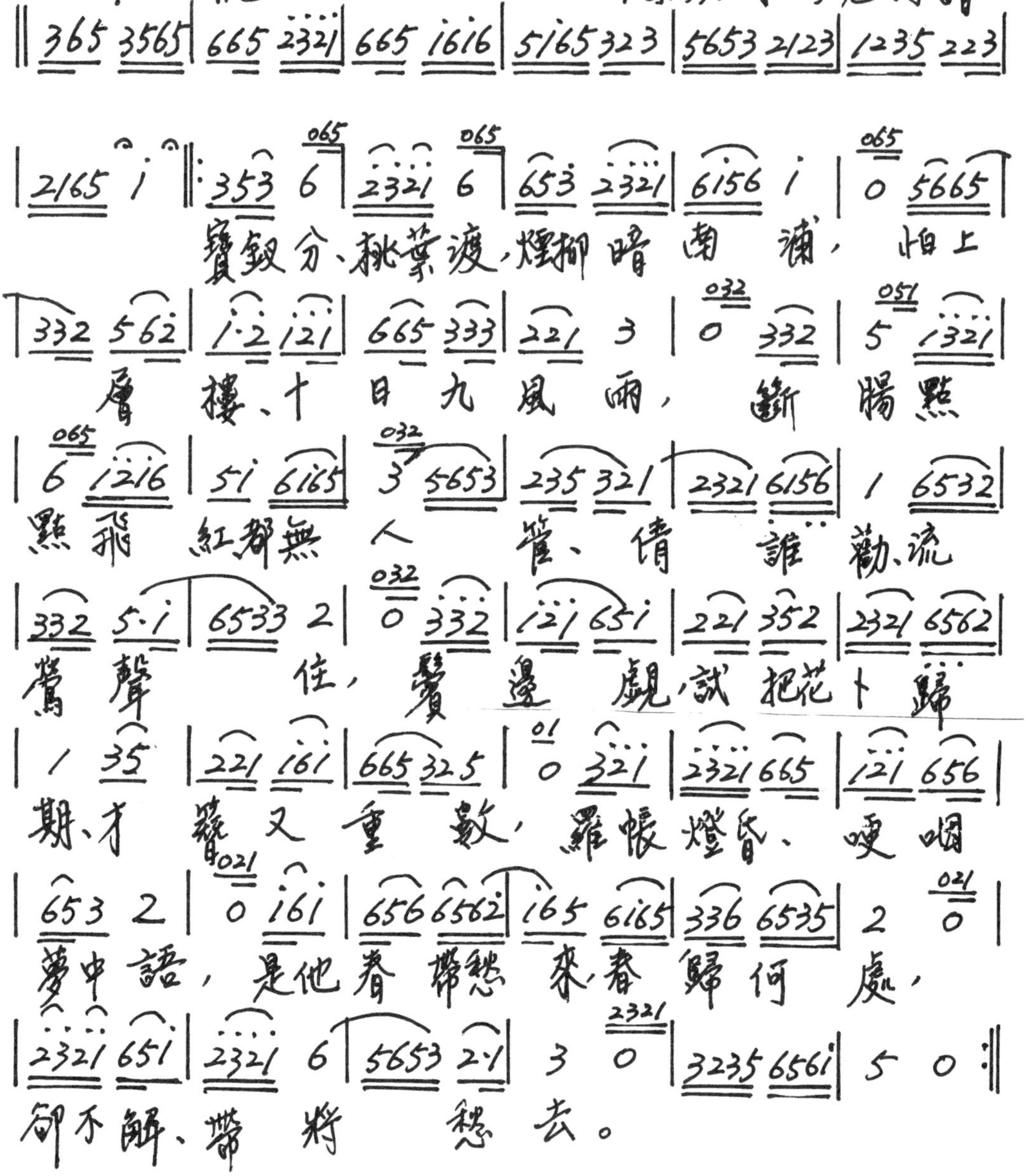

吟唱法：工 吟詞，慢板
　　　　正 唱詞，慢板

說　明：又名月底修簫譜，或祝英台，描寫
　　　　得眠狎溫柔，魂銷意盡，實暗喻
　　　　南宋之偏安，忠良被害，暗傷片片
　　　　失土，意圖恢復中原之情切辛棄疾
　　　　不愧為一位愛國詞人。

　　註：華語演唱。

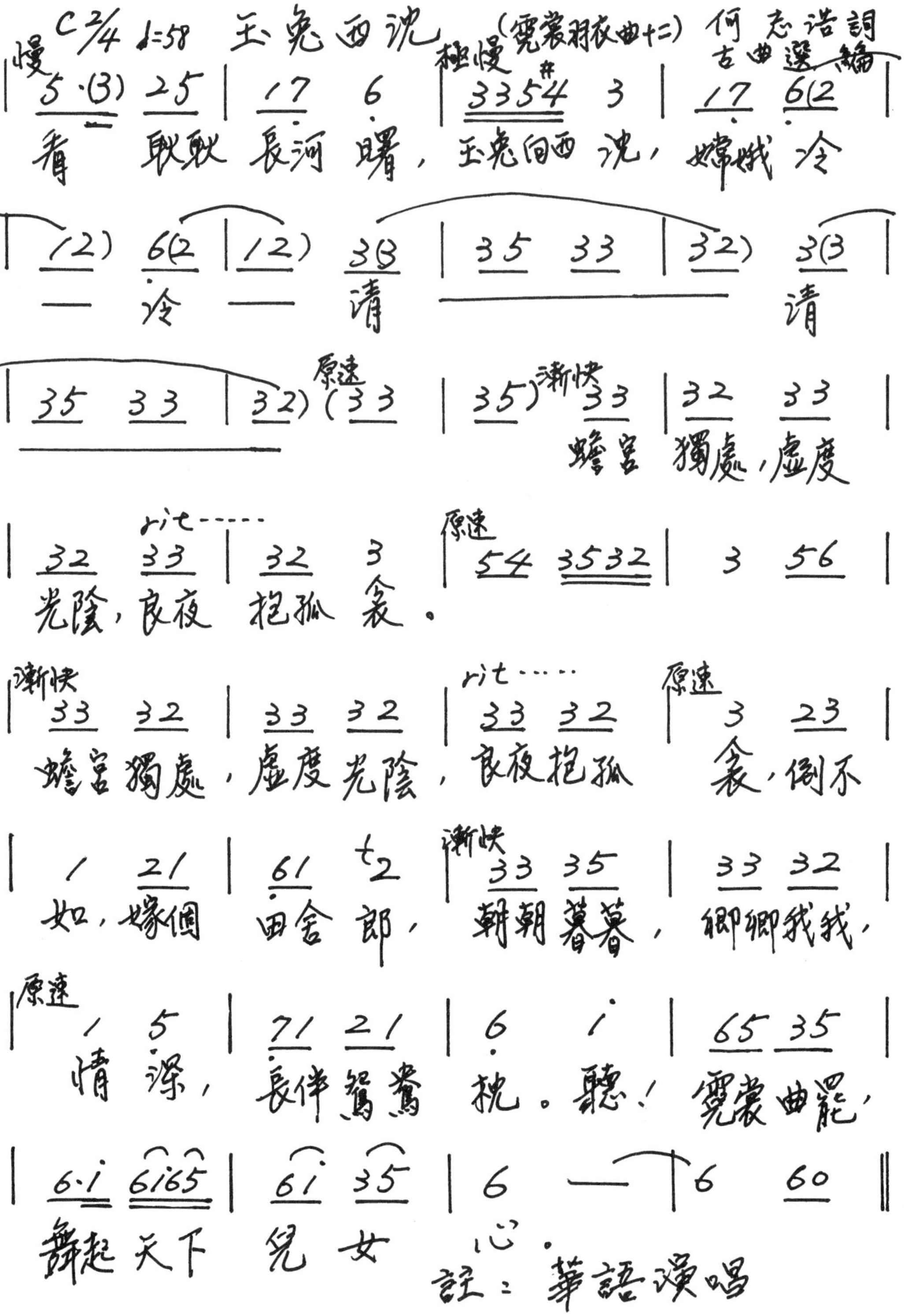

C 2/4 ♩=58 玉兔西沈 (霓裳羽衣曲十二) 何志浩詞
古曲選編
看耿耿長河曙，玉兔向西沈，嫦娥冷
冷 清 清
蟾宮獨處，虛度
光陰，良夜抱孤衾。
蟾宮獨處，虛度光陰，良夜抱孤衾，倒不
如，嫁個田舍郎，朝朝暮暮，卿卿我我，
情深，長伴鴛鴦枕。聽！霓裳曲罷，
舞起天下兒女心。
註：華語演唱

霓裳羽衣曲

何志浩 詞
唐 古曲

C 4/4

(一)海島冰輪

♩=58

| 6̂ － 6̂ － | 3 3 2 3 | 6 6 5 6 | 2 1 6·1 |

玉兔升， 月團圓， 海澄波，

| 6·1 6 5 3 5 | 6 － － － | 6 0 0 6 5 5 6 | #5 4 3 3 5 3 |

蟾 光 寒，

漸快　　　　　　　原速

漸快

| #4 2 6 4 2 6 4 2 6 4 2 6 | #4 2 6 4 2 6 4 2 6 | 0 |

（3連音）

蟾光寒，水輪轉，水輪轉，水晶盤，水晶盤，月團圓，月團圓。

漸快

| 6 2 6 2 6 2 6 2 | 6 2 6 2 6 2 | 0 |

稍慢

如璧，如鏡，如扇，如電，如水，如夢，如幻，

| 2̂ 2̂ 2̂ － ‖

出雲漢。

(二)江樓望月

♩=76

| 3 － | 3·5 6 5 6 3 | 3 2 3 5 1 2 6 1 | 2·3 6 5 6 |

上　　江　樓，　　望月華，　舉杯相

| 1 6 5 6 3·4 3·2 | 1 1 2 6 0 1 2 | 3 5 3 2 3 1 5 | 6 0 0 5 6 0 0 5 |

邀，瓊樓玉宇，聚仙家，遙望素娥在 天涯，天涯，雲

rit

| 6·1 2̂ 1 － | 6 1 2 1 2 3 2 1 6 | 5 － 6 1 2 6 1 5 | 3 － － 0 ‖

彩 無遮，羽 衣舞急飄流霞，皓腕漾輕紗。

(三) 海嶠躊躇

稍慢

| 2 — 3 — | 3·5 656 3 — | 3 235 16 | 1 2 3 — |

海　　嶠　丹，　　丹丹 生海上，

#句　　　　　原句

| 3356 #4 句 0 3356 | 2 — 03 23 | 53 23 13 12 | 17 6 — — |

蟾影搖輕浪，玉層夜風涼，素娥 迤邐下天堂。

| 6 623 5 — | 6· 61 — | 5 6 5 | 6 6 16 |

出靈崖，　照八荒，　長　空　萬里騰輝，

| 37 63 1 63 | 2 63 16 | 0 533 | 5·6 12 612 |

碧海耀青光，玉輪轉，波光蕩漾，　銀河旁，遙　看　織

| 165 333 | 0 533 | 3 0 53 | 33 5·6 |

女　會牛郎。　雲路茫茫，　原野 蒼蒼，參

| 1 1 612 165 | #4 32 16 12 | 3 30 5 | 5 5·6 1 — |

與商，天衢　迢遞，會合 無常，　離　緒千行

| 61 33 23 21 | 62 5 61 | 2 1 6 | 6 — — 556 |

暗自傷，中夜 起彷徨，環繞 廣寒愁斷 腸。　意難

| 1 656 #4 32 | 11 260 | 12 | 3 5 323 15 | 60 056 0 05 |

忘今宵海嶠躊躇，謝聲澎湃心　悵惘，悵惘，長

rit----

| 6·1 2·1 — | 6·1 2 123 216 | 5 — 612 615 | 3 — — 0 |

相　望，　終 古桂花那不落，倚樹對吳 剛。

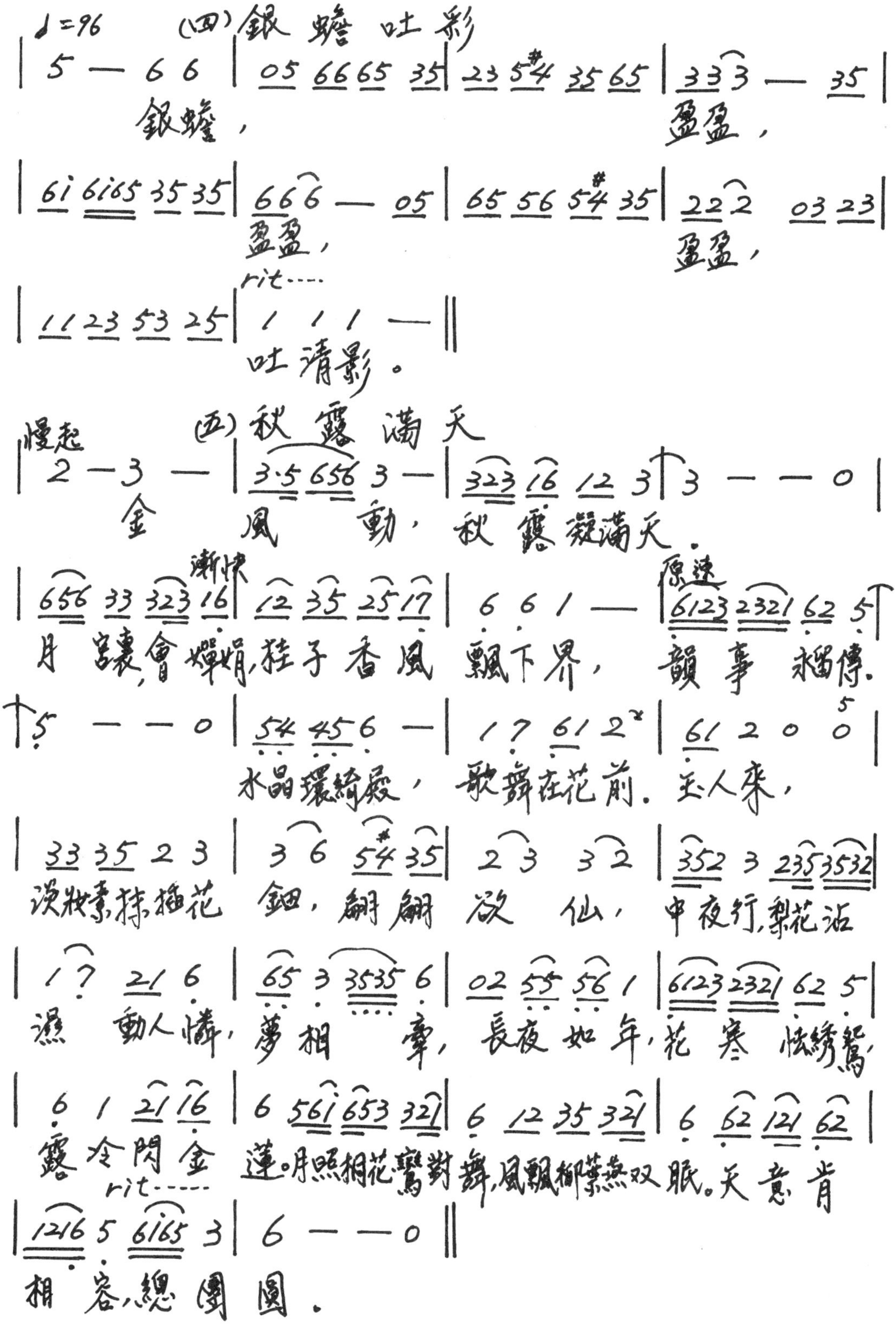

♩=96
(四)銀蟾吐彩
銀蟾，盈盈，盈盈，盈盈，
rit.
吐清影。
慢起
(五)秋露滿天
金風動，秋露凝滿天。
漸快
原速
月宮裏，會嬋娟，桂子香風飄下界，韻事猶傳。
水晶環綺殿，歌舞在花前。玉人來，
淡妝素抹插花鈿，翩翩欲仙，中夜行，梨花沾濕動人憐，夢相牽，長夜如年，花寒怯繡鴛，
露冷閃金蓮。明照桐花鸞對舞，風飄柳葉燕双眠。天意肯
rit.
相容，總團圓。

(六) 素娥掞旋

天上姮娥，清歌，態輕盈長袖舞婆娑，

飄飄曳綺羅，風光掞旋天仙簇簇多嬌，嬈，華年永

駐莫蹉跎，整花容，晚浴天河，瓊樓高望，碧海蕩銀波，

迴雪飄風，飛箭穿梭，看，看，看，天女舞天

鵝。荷荷，歌聲遙相和，待姮娥。且請清光

坐。歌傳水調記東坡翩飛步蟾宮，蟾宮本是安樂窩。

(七) 皓月當空

皓月照長空，清輝明滅銀床夢，幻成五彩虹，

飛鶯迎佛人間天上相逢，今人見古月，古月與今

同。麗影最玲瓏，舉頭望，蟾飛銀漢上，光透出

rit——

玉輪中。

(八) 瓊樓一片

3/4 | 06 56 56 | 4/4 36 03 23 5#4 | 356 33 03 56 | 56 31 6 25 |

玩月上　天梯，樓閣玲瓏五雲擁起，縹緲　與天齊，天

rit----

| #45 65 3 356 | 32 356 33 05 | 61 2 3532 | 1 | 1656 123 î — ‖

門　彩鳳飛，結　霓涵霽。看一片瓊　樓，清光照萬里。

(九) 銀河橫渡

| 12 121 66 | 3 3 2321 | 6 6 5665 | 66 11 |

銀漢　橫秋，金風玉露　淒清，鵲橋　相會，悲歡

| 12 121 66 | 3 3 2321 | 6 61 231 6 | 65 356 3 — |

離合　心情，盈盈一水　間，景牛郎，和織女。

2/4 原速
| 2 2 | 16 1 | 1 2 | 3 3 | 35 60 | 65 33 | 32 11 | 12 33 |

漸快

夜半　私相語，兩地　相思浮幾許，停機杼，拋玉梭，泛海槎，

| 35 66 | 65 3532 | 123 321 | 6 3 | 232 1 65 | 65 56 | 12 3 | 232 1 65 |

原速

渡銀河。一年　一度容易過，得　諧和處且諧和，天外

漸慢
| 6556 1123 | 1 — î | 0 ‖

蕭聲斷眼相歌。

(十) 玉宇千層

♩=64
| 2 3 — — | 2 3 — — | 5 6 — — | 5 3 2 5 |

千層　　玉宇　　凌雲，　清虛擁帝

| 3 — — — | 5 6 5 — | 6 — — — | 6 î 5 6 |

京。　　層橋飛　襄，　虹梁接天

|i - - -| i 3 2 i | 6 - - -| 3 - - -|
近， 　仙閣自深明。 　　到

|5 #4 3 -| 3 - 5 -| i - 6 -| 6 - 3 -|
廣寒府， 　眾　仙　迎。 　　開

|3 - 5 #4| 3 - - -| #4·2 3 -| 3 - #4·2|
　不夜 城， 　彈 銀 箏， 　吹 鳳

|3 - - -| 5 0 1 0| 6 - - -||
笙， 　醉 太 平。

3/4 漸快 ♩=132 (土) 蟾光 炯炯 　　　快

| 5· 3· | 53 35· | 65 6(6) | 61 12 |
蟾　光　 炯炯，照徹 九州 同。 　卿雲 縵縵

| 32 3(3) | 23 21 | 21 6(6) | 12 65 |
爛芙蓉， 　彩霞 燦燦 水晶 宮。 　瓊枝 含露

| 35 6(6) | 16 65 | 35 6(5) | 66 16 |
動秋風， 　花林 飛霰 映長空。 　霜明 玉階，

| 61 12 | 32 3(3) | 23 21 | 21 6(6) |
圓靈 水鏡 望溶溶。 　蟾光 皎皎 寒光重，

rit ----
| 12 65 | 35 6(6) | 61 12 | 32 3 |
長年 搗藥 神仙洞， 不修 仙業 更何 從。

|3 - | 3 - ||

4/4 ♩=58

```
5 - - - | 2 5 1 7 | 6 - - - | 3 3 5 #4 |
看！        耿耿 長河 暗，      玉兔 向西

3 - - - 7 | 6 - | 6 (02 12) | 3 (03 35) | 3 (03 32) | 3 (03 35) |
沈。  嫦娥 冷  冷  清      清，

3 - | 3 3 3 2 | 3 3 3 2 | 3 3 3 2 | 3 - 3 - | 5 #4 3532 335 |
蟾宮獨處，虛度光陰，良夜抱孤衾。

6 - - - | 3 3 3 2 | 3 3 3 2 | (3 3 3 2) | 3 3 3 2 | 3 - 3 - |
                                              漸慢
```

4/4

```
2 3 1 - | 2 1 6 1 | 2 - - - | 3 3 3 5 | 3 3 3 2 |
倒不如，   嫁箇田舍 郎，        朝朝暮暮 卿卿我我，

1 - - - | 5 - - - | 7 1 2 1 | 6 - - - |
情        深，      長伴鴛鴦 枕。

1 - - 6 5 | 3 5 6 1 6 i 6 5 6 i 沂 | 6 - - 6 | 6 - - - ‖
聽！ 霓裳 曲罷舞起天下兒女 心。
```

註：華語演唱

春江花月夜
一、江樓鐘鼓

唐・康嵐崧曲

漸快 G 2/4 (♭B)

| 3330 | 3330 | ％（五次） | 3333 | 3333 | ％（三次） |

| 3330 | 0 | 6 — | 6 — | i 2 | 6 |

| 55 | 0 | 漸快 3210 | 3210 | ％（五次） | 2 |

| 2 —（三次） | i — | i — | 6·666 66 |

| 666 i 2 6 | 5 5 6 | 5 5 6 i 2 | 3 — |
江樓上獨憑　欄，聽　鐘鼓聲　傳，

| 3 2 3 5 3 5 | 6·1 2·3 | i 2 3 2·i 6 | 5 5·1 |
裊裊娜娜　散　入那　落霞斑　斕，一江

| 6 i 2 6 i 5 2 | 3 — | 3 6 i 5 6 5 3 | 2 — |
春水緩緩　流 rit……　四野悄無　人，

| 3·5 6 5 6 i | 2 3 2 1 2 3 1 | 2 |
唯有淡淡細來　薄霧輕　煙。

二、月上東山

| 2 — | 2 2 3 5 3 2 | i i 2 6 5 | i·3 2·3 |
看！　　月上東　山，天宇　雲開霧散，

| 2·3 2 2 | 2 3 5 3 5 3 2 | i·3 2·3 | i·3 2·3 |
雲開霧散　光輝照山　川千點萬　點千點萬

| 1̲2̲3 2̲1̲6 | 5 5̲·6̲ | 3̲5 6̲i | 5 5̲1̲2 |

點灑在江　面，恰似　銀鱗閃　閃，簫起了

| 6̲·1̲ 5̲4 | 3̲·2̲ 1̲3 | 2 — ‖ | 3̲6̲i 5̲6̲5̲3 |

江　灘　一隻宿　雁，　撲楞楞飛過了

| 2̲3̲2 1̲2̲3̲1 | 2 ‖

對面的　揚柳岸．

三、風迎　曲水

| 3 — | 3 3̲3 | 2 2 | 3̲·5̲ 6̲·1̲ |

聽！　清風　吹來　竹　枝

| 5 5̲·i̲ | 6̲1̲2 6̲1̲5̲2 | 3 — | 3̲6̲i 5̲6̲5̲3 |

搖，搖得　花影零　亂，　幽香飄

| 2 — | 2̲3̲5 3̲5̲3̲2 | 1̲·3̲ 2̲·3̲ | 1̲·3̲ 2̲·3̲ |

散，　何人吹弄　笛聲簫聲　簫聲笛聲

| 1̲5̲ 6̲i̲ | 2 — | 2̲3̲5 3̲5̲3̲2 | 1 |

和著漁　歌，　自在悠　然，

| 1̲1̲ 1̲2̲3̲ | 6 — | 6̲6̲ 1̲5̲ | 3̲·3̲ 3̲5 |

欸乃韻　遠　飄向那　水雲深處，

| 3̲·3̲ 3̲5 | 6̲·1̲ 2̲·3̲ | 1̲2̲3 2̲1̲6 | 5 5̲·6̲ |

蘆荻岸邊，唯　有　漁火點　點，伴著
rit.

| 5̲5̲ 6̲1̲2 | 3 — | 3̲6̲i 5̲6̲5̲3 | 2̲3̲2 1̲2̲3̲1 |

人兒安　眠，　春江花月　夜怎不教人流

註：華語讀唱。

春江花月夜，古曲，作者已不可考，一傳
為唐‧康崑崙曲，原名夕陽簫鼓，又名
潯陽琵琶，潯陽即今之九江。

夕陽簫鼓是一支秀麗的作品，曲調悠揚
動聽。

春江花月夜

一、江樓鐘鼓

何志浩　詞
唐·康崑崙　曲

漸快 G3/4 (♭B)

```
| 3330  3330 |   %  (五次) | 3333  3333 |   %  (三次) |
|   3330   0 |  6  —   6  — |  i2   6  |
|   55   0 | 漸快... 3210  3210 |   %  (五次) |  2  — |
|  2  —  (三次) |  i  —   i  — |  6·666  66 |
|  6   i26  |  5  — |  55  6i2  |  3  — |
    江樓      上，        鐘鼓  徹天  響，
| ( 323  5 35 ) |  6·i  2·3  |  i2   76  |  5  — |
           雲  中    百鳳 齊朝  凰。
|  6i2  6i52  |  3  — |  36i  5653  |  2  — |
  曲奏  諧庭  芳，    風弄 花影  涼。
| ( 356  6561 |  232  1231 |  2  — ) ‖
```

二、月上東山

```
| (·2  — ) |  22  3532  |  i  — |  i·3  2·3  |
              月上 東   山，        舉  頭
|  2  — |  ( 235  3532 ) |  i·3  2·3  |  i·3  2·3  |
  看，                 若  佇，    若  翔
|  i2  76  |  5  — |  3·5  6i  |  5  — |
  空中 舞彩    鸞。    迎 嬋    娟，
```

詞　**145**

| 6i 54 | 32 13 | 2 — | 36i 5653 |

金闕瓊樓，俄生霄漢　間，　　　　清光夜夜

| 2 (032 1231 2) 2 . 0 ‖

寒。

三、風迴曲水

| (3 — 3) 33 | 2 2 | 3.5 6.i |

　　　　　風迴　曲水，　月華

| 5 — | 6i2 6i52 | 3 — | 36i 5653 |

明，　春江連　海，　　　　海月共潮

| 2 — | (235 3532) | i.3 2.3 | i.3 2.3 |

生。　　　　　　　　鼓瑟，　鼓琴，

| i5 6i | 2 — | (235 3532) | i — |

江天暝色　清。　　　　　　　看！

| ii i23 | 6 — | 66 i5 | 3 — |

花月共爭　春，　　馥郁又娉　婷。

| (323 535) | 6.i 2.3 | i2 76 | 5 — |

　　　　　　花露　　如珠月如　水，

| 55 6i2 | 3 — | 36i 5653 | (032 1231 2) — |

水月靜無　聲，　脈脈獨含　情。

| 2 —) ‖

| 2·5 3·5 | 2 — | 3·5 6·1 | 5 — |
月　有　　陰,　　花　满　林.

| 3·5 6·1 | 5 — | (5675 6567) | 3 — |
影　深　　沈.　　　　　　　请

| 3(563 5356) | 2 — | 2(352 3235) | 1 — |
　　　　風　　　　　　　　摇

| 1(231 2123) | 6 — | 6(165 6165) | 3 — |
　　　　花　　　　　　　　影,

| 3(63 535) | 6·1 2·3 | i2 76 | 5 — |
　　　　叠　叠　重重玉露　凝.

| 55 6i2 | 3 — | 361 5653 | 032 1231 2 — |
人来花影　動,　姗姗月下　寻。

| 2) 0 |

五、水雲深際

|(2 — |2 —)| 2̲2̲3 55 | 3̲2̲3 55 |
春水　無痕，春雲　無際，

| 3̲5 3̲5̲3̲2 | 1̲6̲1 2 | 1̲2̲3 5̲3 | 2 — |
月明影　浸琉　璃，花香　飄繡　衣。

|(2̲3̲5 2̲3̲5 | 3̲5̲3̲2 1̲·6̲)| 1̲2 55 | 3̲5̲3̲2 1̲6̲1 |
莫歎　流光容

(6̲6̲ 5̲5̲·)　　(2̲2̲3̲3̲)

| 2 — | 有 情 | 6 2 | 0 0 |
易，　　　 天　地，

| 3 — | 3 — | 2̲2̲3 55 | 3̲5̲3̲2 1̲6̲1 |
點　　　 綴　　　 月圓花麗，無　邊擒

| 2 — | 宜 嗔 | 6 2 | 1̲·2 |
旋．　　　 宜　喜，堪　盡

| 6 2 | 1̲2̲ 6̲2̲ | 1̲2̲ 6̲2̲ | 1̲2̲ 1̲2̲1̲6̲ |
堪　題，收在眼底，樂在　心裡，美好　無

| 5 — | 5̲·6̲ 1̲2̲ | 6 — | 6̲6̲ 1̲2̲6̲ |
比．　　 雲　和　　　月，　　終古共相

| 5 — | 5̲5̲ 6̲1̲2̲ | 3 — | 3̲6̲1̲ 5̲6̲5̲3̲ |
依，　水雲家萬　　　 里，　花月　添情

|(0̲3̲2̲ 1̲2̲3̲1̲ | 2̲) |
意．

六、漁歌晚唱

山林微雲天霽，漁舟蕩漾，蓬葉拂蓮，綠樹悽迷，耳邊鶯亂，橫吹幽咽，牛背夕陽，搖動漣漪，垂釣傍花，漁歌四起，煙水雨相，帆影去。

波上，朱霞，笛，華，浦，春江，聽江潮，打翠磯，晚來風稀，星火望依稀，鷗鷺對忘機。

低，啼，西，漢，依，柳陰堤，急，自樂漁家，傲。

朱霞短月遠浦，聽江潮，雨三，傲。

渐快　　七、迴瀾拍岸

```
|( 22  33 | 66  67 | 55  56 | 33  35 |

|  22  33 | 22  32 | 10) 2  | 12  35 |
                         月    到  中

|  2   —  | 25  32 | 1   —  | 13  23 |
   天，      江   風    起，     波   濤

|  6   —  |(66  15)| 3   35 | 3   35 |
   驚。              聲  澎湃   夜  籟鳴，

| 6·1  23 | 12  76 | 5   0  | 55  612|
   迴   瀾   拍岸 鼓銀  箏，        搖動 一潭

|  3  (05 | 321  2 | 05  321| 2   03 |
   星。

|  2   0) ‖
```

八、橈鳴遠瀨

（江上風清，夜靜雲開，蘭舟載月，月共舟來，對影唧杯眠，診鷗正欲眠天，點破水中天。且聽蘆荻岸，橈鳴遠瀨，問煙波釣叟歸來，來。）

九、欸乃歸舟

（5 — ｜5 — ｜5 ？）｜ 6· 6· ｜
江 水

｜6 76 ｜5 — ｜5 (61) ｜ 3 3 ｜
流 無 盡， 江 風

｜3 61 ｜5 — ｜5 (35) ｜ 2 2 ｜
送 輕 舟， 泛 舟

｜2 56 ｜3 — ｜3 (23) ｜ 1 1 ｜
玩 夜 月， 回 首

｜1 35 ｜2 — ｜2 (12 ｜ 6· 6· ｜
望 江 樓。

｜6· 1） ｜2 2 ｜2 32 ｜ 1 1 ｜
笛 聲 何 處 發 請

｜1 (2) ｜3 3 ｜3 56 ｜ 2 2 ｜
幽， 驚 起 數 沙 鷗。

｜2 (3) ｜5 5 ｜5 (61) ｜ 3 3 ｜
飆 蕭 琴 誤 煙

｜3 (61) ｜5 5 ｜5 (35) ｜ 2 2 ｜
浮， 長 空 潤， 久 凝

| 2 (56) | 3　 3　 3 (23) | 1　 1 |

眸，　　　此　樂　　　何　極.

| 1 (35) | 2　 2　 2 12 | 6　 — |

不　管　　風　月，

| 6 12 | 6　 6　 6 60 | 666 15 |

幾　時　休。　　江寒 月照

| 3 33 35 0 | (33 35) | 6.1 23 | 123 76 |

秋，　　　　　暮　潮　初漲 水東

| 50 06 | 5 3.5 | 5.6 12 | 612 165 |

流，欸 乃，撈　聲　柔，　雲水 悠悠.

| 3.5 612 | 165 356 | 2 — ‖

銷 萬古 閑愁,任遨　遊。

十...夜 畫 黎 明(尾聲)
| 12 35 | 61 55 | 3235　 2 |

春江 花月，不變 今古,韶光莫虛 度。

| 6 — |

瞧！

| 2 3.5 | 61 6165 | 356 20 | 161 232 |

飛　花　永夜　舞春 風,　曉月 依然

| 231 2 2 — ‖

瀾江 樹。

註：華語演唱.

漢音注音

關雎　　　　　　　　詩經·周南

關關雎鳩，在河之洲，

窈窕淑女，君子好逑。

參差荇菜，左右流之，

窈窕淑女，寤寐求之。

求之不得，寤寐思服，

悠哉悠哉，輾轉反側。

參差荇菜，左右采之，

窈窕淑女，琴瑟友之。

參差荇菜，左右芼之，

窈窕淑女，鐘鼓樂之。

註：上古語　關　雎　窈　女

　　　　　　得　鐘　好　流

中庸第三十章贊辭　中庸

仲尼祖述堯舜，憲章文武，

上律天時，下襲水土，

辟如天地之無不持載，

無不覆幬，

辟如四時之錯行，

如日月之代明，

萬物並育而不相害，

道並行而不相悖，

小德川流，大德敦化，

此天地之所以為大也。

　　註：章 → → →

采薇 詩經‧小雅

(一) 昔我往矣，楊柳依依，

(二) 行道遲遲，載渴載飢，

(一) 今我來思，雨雪霏霏。

(二) 我心傷悲，莫知我哀。

註：冞（ㄚ一）

古意 從軍行 李頎

白日登山望烽火，
黃昏飲馬傍交河。
行人刁斗風沙暗，
公主琵琶幽怨多。
野雲萬里無城郭，
雨雪紛紛連大漠。
胡雁哀鳴夜夜飛，
胡兒眼淚雙雙落。
聞道玉門猶被遮，
應將性命逐輕車。
年年戰骨埋荒外，
空見蒲萄入漢家。

聞　笛　　　　趙嘏

誰家吹笛畫樓中，
斷續聲隨斷續風，
響遏行雲橫碧落，
清和冷月到簾櫳。
興來三弄有桓子，
賦就一篇懷馬融，
曲罷不知人在否，
餘音嘹亮尚飄空。

月下獨酌　李白

花間一壺酒，
獨酌無相親。
舉杯邀明月，
對影成三人。

回鄉偶書　賀知章

少小離家老大回，
鄉音無改鬢毛衰。
兒童相見不相識，
笑問客從何處來。

過故人莊　孟浩然

故人具雞黍，邀我至田家。
綠樹村邊合，青山郭外斜。
開軒面場圃，把酒話桑麻。
待到重陽日，還來就菊花。

九月九日憶山東兄弟　王維

獨在異鄉為異客，
每逢佳節倍思親。
遙知兄弟登高處，
遍插茱萸少一人。

異(一)

無題　　　李商隱

相見時難別亦難，
東風無力百花殘。
春蠶到死絲方盡，
蠟炬成灰淚始乾。
曉鏡但愁雲鬢改，
夜吟應覺月光寒。
蓬萊此去無多路，
青鳥殷勤為探看。

錦瑟　　李義山

錦瑟無端五十絃，
一絃一柱思華年。
莊生曉夢迷蝴蝶，
望帝春心託杜鵑。
滄海月明珠有淚，
藍田日暖玉生煙。
此情可待成追憶，
只是當時已惘然。

將進酒　李白

君不見黃河之水天上來，

奔流到海不復回？

君不見高堂明鏡悲白髮，

朝如青絲暮成雪？

人生得意須盡歡，

莫使金樽空對月。

天生我材必有用，

千金散盡還復來，

烹羊宰牛且為樂，

會須一飲三百杯。

岑夫子，丹丘生！

將進酒，杯莫停。

與君歌一曲，

請君為我傾耳聽。

鐘鼓饌玉不足貴，

但願長醉不願醒。

古來聖賢皆寂寞，

惟有飲者留其名。

陳王昔時宴平樂，

斗酒十千恣讙謔。

主人何為言少錢？

徑須沽取對君酌。

五花馬，千金裘。

呼兒將出換美酒，

與爾同銷萬古愁。

木蘭辭 （古樂府）衛敬瑜妻·王氏詩

唧唧復唧唧，木蘭當戶織。

不聞機杼聲，惟聞女嘆息。

問女何所思，問女何所憶。

女亦無所思，女亦無所憶。

昨夜見軍帖，可汗大點兵，

軍書十二卷，卷卷有爺名。

阿爺無大兒，木蘭無長兄，

願為市鞍馬，從此替爺征。

東市買駿馬，西市買鞍韉，

南市買轡頭，北市買長鞭。

朝辭爺娘去，暮宿黃河邊。

不聞爺娘喚女聲，

但聞黃河流水鳴濺濺。

旦辭黃河去，暮至黑水頭。

燕山胡騎聲啾啾。

萬里赴戎機，關山渡若飛。

朔氣傳金柝，寒光照鐵衣。

將軍百戰死，壯士十年歸。

歸來見天子，天子坐明堂。

策勳十二轉，賞賜百千彊。

可汗問所欲，不用尚書郎。

願馳千里足，送兒還故鄉。

爺娘聞女來，出郭相扶將。

阿姊聞妹來，當戶理紅妝。

小弟聞姊來，磨刀霍霍向豬羊。

開我東閣門，坐我西閣床。

脫我戰時袍，著我舊時裳。

當窗理雲鬢，對鏡貼花黃。

出門看伙伴，伙伴皆驚惶。

同行十二年，不知木蘭是女郎。

雄兔腳撲朔，雌兔眼迷離。

兩兔傍地走，安能辨我是雄雌。

慈烏夜啼　　　白居易詩

慈烏失其母，啞啞吐哀音。
晝夜不飛去，經年守故林。
夜夜夜半啼，聞者為沾襟。
聲中如告訴，未盡反哺心。
百鳥豈無母，爾獨哀怨深。
應是母慈重，使爾悲不任。
昔有吳起者，母歿喪不臨。
嗟哉斯徒輩，其心不如禽。
慈烏復慈烏，鳥中之曾參。

遊子吟（五古樂府）孟郊詩

慈母手中線，
遊子身上衣。
臨行密密縫，
意恐遲遲歸。
誰言寸草心，
報得三春暉。

關山月（五古樂府）　李白詩

明月出天山，蒼蒼雲海間，

長風幾萬里，吹度玉門關。

漢下白登道，胡窺青海灣，

由來征戰地，不見有人還。

戍客望邊色，思歸多苦顏，

高樓當此夜，歎息未應閒。

静夜思　李白詩

牀前明月光，疑是地上霜，
舉頭望明月，低頭思故鄉。

登鸛鵲樓　王之渙詩

白日依山盡，黃河入海流，
欲窮千里目，更上一層樓。

鳥鳴澗　　王維詩

人閒桂花落。夜靜春山空，
月出驚山鳥，時鳴春澗中。

春曉　（五言絕句）　孟浩然　詩

春眠不覺曉，處處聞啼鳥。
夜來風雨聲，花落知多少。

逢入京使　岑參　詩

故園東望路漫漫，
雙袖龍鐘淚不乾。
馬上相逢無紙筆，
憑君傳語報平安。

長干行 崔顥 詩

君家何處住，妾住在橫塘，
停船暫借問，或恐是同鄉。
家臨九江水，去來九江側，
同是長干人，生小不相識。

哥舒歌 西鄙人 詩

北斗七星高，哥舒夜帶刀，
至今窺牧馬，不敢過臨洮。

山居秋暝　王維　詩

空山新雨後，天氣晚來秋。

明月松間照，清泉石上流。

竹喧歸浣女，蓮動下漁舟。

隨意春芳歇，王孫自可留。

渡荊門送別　李白詩

渡遠荊門外，來從楚國遊，

山隨平野盡，江入大荒流。

月下飛天鏡，雲生結海樓。

仍憐故鄉水，萬里送行舟。

宣州謝朓樓

　餞別校書叔雲　李白

棄我去者,

　昨日之日不可留,

亂我心者,

　今日之日多煩憂。

長風萬里送秋雁,

對此可以酣高樓。

蓬萊文章建安骨,

中間小謝又清發。

俱懷逸興壯思飛,

欲上青天攬明月。

抽刀斷水水更流，
舉杯銷愁愁更愁。
人生在世不稱意，
明朝散髮弄扁舟。

清明　　杜牧詩

清明時節雨紛紛，
路上行人欲斷魂。
借問酒家何處有，
牧童遙指杏花村。

春夜洛城聞笛　李白詩

誰家玉笛暗飛聲，
散入東風滿洛城。
此夜曲中聞折柳，
何人不起故園情。

欸乃曲　　　元結詩

千里楓林烟雨深，
無朝無暮有猿吟。
停橈靜聽曲中意，
好似雲山韶濩音。

涼州詞　　王翰詩

葡萄美酒夜光杯，
欲飲琵琶馬上催。
醉臥沙場君莫笑，
古來征戰幾人回。

註：杯、催、回

下江陵 李白詩

朝辭白帝彩雲間，
千里江陵一日還。
兩岸猿聲啼不住，
輕舟已過萬重山。

泊秦淮 杜牧詩

煙籠寒水月籠沙，
夜泊秦淮近酒家。
商女不知亡國恨，
隔江猶唱後庭花。

註：沙、家上古韻。

楓橋夜泊　張繼詩

月落烏啼霜滿天，
江楓漁火對愁眠。
姑蘇城外寒山寺，
夜半鐘聲到客船。

初春小雨　韓愈詩

天街小雨潤如酥，
草色遠看近卻無。
最是一年春好處，
絕勝煙柳滿皇都。

清平調　李白詩

雲想衣裳花想容，
春風拂檻露花濃。
若非群玉山頭見，
會向瑤台月下逢。

送孟浩然之廣陵　李白詩

故人西辭黃鶴樓，
煙花三月下揚州。
孤帆遠影碧空盡，
唯見長江天際流。

出塞　　王昌齡 詩

秦時明月漢時關，

萬里長征人未還。

但使龍城飛將在，

不教胡馬渡陰山。

渭城曲　王維　詩

清和節當春，

渭城朝雨浥輕塵，

客舍青青柳色新，

勸君更盡一杯酒，

西出陽關無故人。

霜夜與霸晨，

遄行、遄行，

長途越度關津，

惆悵役此身。

歷苦辛，歷苦辛，

歷歷苦辛，宜自珍，宜自珍。

渭城朝雨浥輕塵，

客舍青青柳色新。

勸君更盡一杯酒，

西出陽關無故人。

依依顧念不忍離別，

淚滴沾巾中！

無復相輔仁，感懷、感懷，

思君十二時辰，

商參各一垠　。

誰相因、誰相因，誰可相因。

日馳神、日馳神。

渭城朝雨浥輕塵，
客舍青青柳色新。
勸君更盡一杯酒，
西出陽關無故人。
芳草遍如茵，旨酒、旨酒，
未飲心已先醇。
載馳騟、載馳駰，
何日言旋軒轔？
能酌幾多巡。

千里巡邏有不盡些寸寸衷腸難訴。

無限窮的悲傷，

楚天湘水隔遠濱。

期早托鴻鱗，

尺素申、尺素申，尺素頻申。

如相親、如相親。

憶云！從今一別。

兩地相思入夢頻，

聞雁來賓。

蜀相　杜甫詩

丞相祠堂何處尋，
錦官城外柏森森。
映階碧草自春色，
隔葉黃鸝空好音。
三顧頻煩天下計，
兩朝開濟老臣心。
出師未捷身先死，
長使英雄淚滿襟。

聞官軍收河南河北　杜甫詩

劍外忽傳收薊北，

初聞涕淚滿衣裳。

卻看妻子愁何在，

漫卷詩書喜欲狂。

白日放歌須縱酒，

青春作伴好還鄉。

即從巴峽穿巫峽，

便下襄陽向洛陽。

漁歌子　張志和詞

西塞山前白露飛，
桃花流水鱖魚肥。
青箬笠、綠蓑衣，
斜風細雨不須歸。

花非花　　白居易詞

花非花，霧非霧，
夜半來，天明去。
來如春夢不多時，
去似朝雲無覓處。

秋風詞　　李白詞

秋風清，秋月明。

落葉聚還散，寒鴉棲復驚，

相親相見知何日？

此時此夜難為情。

入我相思門，知我相思苦？

長相思兮長相憶，

短相思兮無窮極。

早知如此絆人心，

何如當初莫相識。

　　註：相 上古
　　　　相（泉）
　　　　相 中古

釵頭鳳　陸游·唐琬詞

紅酥手、黃縢酒，
滿園春色宮牆柳，
東風惡、歡情薄，
一懷愁緒幾年離索，
錯錯錯。

春如舊、人空瘦，
淚痕紅浥鮫綃透，
桃花落、閒池閣，
山盟雖在錦書難託，
莫莫莫。

世情薄、人情惡，
雨送黃昏花易落。
曉風乾、淚痕殘，
欲箋心事，獨倚斜闌。
難、難、難。

人成各、今非昨，
病魂常似秋千索。
角聲寒、夜闌珊，
怕人尋問，咽淚裝歡，
瞞、瞞、瞞。

菩薩蠻　李白·辛棄疾　詞

平林漠漠煙如織，
寒山一帶傷心碧。
暝色入高樓，有人樓上愁。
玉階空佇立，宿鳥歸飛急。
何處是歸程，長亭連短亭。

鬱孤台下清江水，
中間多少行人淚。
西北是長安，可憐無數山。
青山遮不住，畢竟東流去。
江晚正愁余，山深聞鷓鴣。

菩薩蠻　溫庭筠詞

小山重疊金明滅，

鬢雲欲度香腮雪。

懶起畫蛾眉，

弄妝梳洗遲。

照花前後鏡，

花面交相映。

新貼繡羅襦，

雙雙金鷓鴣。

註：洗　　上古
　　　　　中古
　　映　　上古
　　　　　中古
　　襦　　中古
　　　　　近古

憶江南　白居易詞

江南好，風景舊曾諳，
日出江花紅勝火，
春來江水綠如藍，
能不憶江南。

憶江南　溫庭筠　詞

梳洗罷，獨倚望江樓。

過盡千帆皆不是，

斜暉脈脈水悠悠，

斷腸白蘋洲。

更漏子　溫庭筠　詞

玉鑪香，紅蠟淚，
偏照畫堂。
秋思，眉翠薄，鬢雲殘，
夜長衾枕寒。

梧桐樹，三更雨，
不道離情。
正苦，一葉葉，一聲聲，
空階滴到明。

長相思　白居易·李煜·林逋詞

汴水流、泗水流，

流到瓜州古渡頭，

吳山點點愁。

思悠悠、恨悠悠，

恨到歸時方始休，

月明人倚樓。

雲一緺、玉一梭，

淡淡衫兒薄薄羅，

輕顰雙黛螺。

秋風多、雨如和，

簾外芭蕉三兩窠，雨至，
夜長人奈何。

吳山青、越山青，
兩岸青山相送迎，
誰知離別情。

君淚盈、妾淚盈，
羅帶同心結未成，
江頭潮已平。

虞美人　　李煜　詞

春花秋月何時了，

往事知多少。

小樓昨夜又東風，

故國不堪回首月明中。

雕欄玉砌應猶在，

只是朱顏改，

問君能有幾多愁，

恰似一江春水向東流。

國家圖書館出版品預行編目(CIP)資料

詩詞吟唱選集/鄭煌榮編著. -- 初版. -- 臺北市：
五南圖書出版股份有限公司, 2023.12
　面；　公分
ISBN 978-626-366-801-0 (平裝)

831　　　　　　　　　　　　112019673

4X36

詩詞吟唱選集

編　著　者－鄭煌榮

發　行　人－楊榮川

總　經　理－楊士清

總　編　輯－楊秀麗

副 總 編 輯－黃文瓊

編　　　輯－吳雨潔

封 面 設 計－姚孝慈

美 術 設 計－姚孝慈

出　版　者－五南圖書出版股份有限公司

地　　　址：106臺北市大安區和平東路二段339號4樓

電　　　話：(02)2705-5066　傳　　真：(02)2706-6100

網　　　址：https://www.wunan.com.tw

電 子 郵 件：wunan@wunan.com.tw

劃 撥 帳 號：01068953

戶　　　名：五南圖書出版股份有限公司

法 律 顧 問　林勝安律師

出 版 日 期　2023年12月初版一刷

定　　　價　新臺幣380元

經典永恆·名著常在

五十週年的獻禮——經典名著文庫

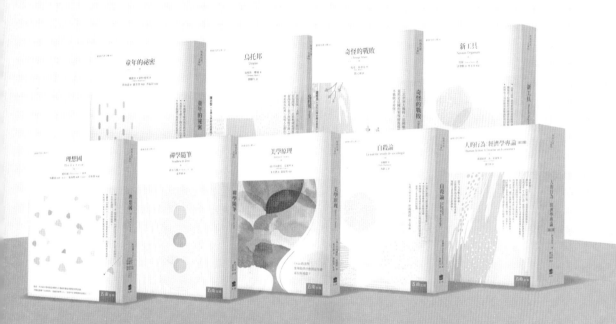

五南，五十年了，半個世紀，人生旅程的一大半，走過來了。

思索著，邁向百年的未來歷程，能為知識界、文化學術界作些什麼？

在速食文化的生態下，有什麼值得讓人雋永品味的？

歷代經典·當今名著，經過時間的洗禮，千錘百鍊，流傳至今，光芒耀人；

不僅使我們能領悟前人的智慧，同時也增深加廣我們思考的深度與視野。

我們決心投入巨資，有計畫的系統梳選，成立「經典名著文庫」，

希望收入古今中外思想性的、充滿睿智與獨見的經典、名著。

這是一項理想性的、永續性的巨大出版工程。

不在意讀者的眾寡，只考慮它的學術價值，力求完整展現先哲思想的軌跡；

為知識界開啟一片智慧之窗，營造一座百花綻放的世界文明公園，

任君遨遊、取菁吸蜜、嘉惠學子！